Travessi

JOSÉ DE ALENCAR

Lucíola

Orientação pedagógica: Douglas Tufano

Notas de leitura: Marcia Kupstas

Capa: aquarela de Rogério Borges

DE ACORDO COM AS NOVAS NORMAS ORTOGRÁFICAS

MODERNA

COORDENAÇÃO EDITORIAL	Maristela Petrili de Almeida Leite
ASSISTÊNCIA EDITORIAL	Lucila Barreiros Facchini
COORDENAÇÃO DA PREPARAÇÃO	Luiz Vicente Vieira Filho
PREPARAÇÃO DO TEXTO	Renato Alberto Colombo Júnior
COORDENAÇÃO DE PRODUÇÃO GRÁFICA	Fernando Dalto Degan
EDIÇÃO DE ARTE	Valdir Oliveira
PESQUISA ICONOGRÁFICA	Vera Lúcia da Silva Barrionuevo
CARTOGRAFIA	Maurício Barreto da Silva
CAPA	Ricardo Postacchini
EDITORAÇÃO ELETRÔNICA	Eduardo Camargo do Amaral
DIAGRAMAÇÃO	Regina Elisabeth Silva
COORDENAÇÃO DE REVISÃO	Lisabeth Bansi Giatti
COORDENAÇÃO E TRATAMENTO DE IMAGENS	Américo Jesus
COORDENAÇÃO DE PRODUÇÃO INDUSTRIAL	Wilson Aparecido Troque
IMPRESSÃO E ACABAMENTO	Coan Indústria Gráfica Eireli.

LOTE 754653
COD 12039668

Dados Internacionais de Catalogação na Publicação (CIP)
(Câmara Brasileira do Livro, SP, Brasil)

Alencar, José de, 1829-1877.
 Lucíola / José de Alencar ; orientação pedagógica
Douglas Tufano ; notas de leitura Marcia Kupstas. —
2. ed. — São Paulo : Moderna, 2004. — (Coleção
travessias)

 1. Romance brasileiro I. Tufano, Douglas, 1948-.
II. Kupstas, Marcia. III. Título. IV. Série.

03-6286   CDD-869.93

Índices para catálogo sistemático:
1. Romances : Literatura brasileira 869.93

ISBN 85-16-03966-8

Reprodução proibida. Art.184 do Código Penal e Lei 9.610 de 19 de fevereiro de 1998.

Todos os direitos reservados

EDITORA MODERNA LTDA.
Rua Padre Adelino, 758 - Belenzinho
São Paulo - SP - Brasil - CEP 03303-904
Vendas e Atendimento: Tel. (0__11) 2790-1300
Fax (0__11) 2790-1501
www.modernaliteratura.com.br
2022
Impresso no Brasil

LIVROS ANTIGOS PARA UM PÚBLICO JOVEM

Para o público de hoje, a leitura de um romance do século XIX pode parecer uma tarefa pouco prazerosa. Além da dificuldade de se compreender o sentido de muitas palavras e expressões de épocas passadas, da estranheza de certas construções sintáticas pouco usuais hoje em dia, há nessas obras uma sensibilidade artística bem diferente da nossa; valores morais que privilegiam outros comportamentos. Mas não será possível ao leitor contemporâneo compreender essas obras e até mesmo extrair delas o prazer da leitura?

A Editora Moderna apostou no "sim" e investiu numa edição diferenciada dos clássicos. A exemplo do que já é feito em outros países, em que uma mesma obra é editada com diferentes níveis de informação, os clássicos da coleção Travessias apresentam um minucioso trabalho de comentários à margem do texto integral.

O leitor iniciante tem muito a ganhar com essa leitura sinalizada, em que informações históricas e esclarecimentos sobre a linguagem da época e as características literárias da obra em questão são apresentados por uma competente equipe de professores, sob a coordenação de Douglas Tufano, reconhecido autor de livros didáticos.

Nossa intenção principal é aproximar passado e presente, levando o leitor a descobrir nos enredos dos livros antigos as mesmas emoções humanas que nos empolgam hoje.

O Romantismo

Lucíola é um romance romântico. E o que é um romance romântico? Por romance, entende-se uma narrativa longa, com personagens fictícios, numa transposição da vida para o plano artístico. O romance popularizou-se durante o século XIX e foi o modo de expressão corrente de muitos escritores românticos, isto é, escritores do Romantismo.

Romantismo foi o nome que se deu ao movimento artístico profundamente subjetivo e individualista surgido no fim do século XVIII na Europa e que teve seu apogeu durante o século XIX.

Situação histórica

Na Europa, dois fatos importantes marcaram o período em que se desenvolveu o Romantismo, influenciando-o profundamente: a Revolução Industrial e a Revolução Francesa.

Na segunda metade do século XVIII, teve início na Inglaterra a sociedade industrial. Passou-se, em ritmo acelerado, do sistema doméstico de produção para o fabril, o que provocou o aparecimento de grandes cidades industriais. Duas novas classes começaram, então, a se destacar na nova estrutura social: a burguesia industrial, que crescia em força, e o proletariado, que crescia em número. Da antiga sociedade de senhores e servos passava-se à sociedade de empresários e operários; nascia, então, a sociedade de classes.

Por sua vez, a Revolução Francesa, desencadeada em 1789, destruiu o absolutismo, levou a burguesia ao poder e criou condições para o desenvolvimento do capitalismo na França, derrubando a aristocracia que vivia dos privilégios feudais. Além disso, provocou inquietações sociais nos países onde essas ideias revolucionárias repercutiram.

Enfim, juntas, a Revolução Industrial e a Revolução Francesa provocaram o fim do absolutismo na Europa e incentivaram a livre iniciativa, forjando o individualismo econômico e o liberalismo político e estimulando o nacionalismo.

Características do Romantismo

O Romantismo foi um movimento artístico que se desenvolveu nos mais diversos campos, como na literatura, na música, no teatro, na pintura etc.

Enriquecendo-se à medida que se expandia, o Romantismo acabou adquirindo características muito variadas, mas seu ponto básico era a abolição de regras e modelos. Sustentando que a criação artística deveria nascer da parte mais sensível e pura do ser humano, do mundo dos sentimentos, o artista romântico passou a considerar o "eu" como o centro do universo, gerando, assim, uma das características básicas desse estilo de época — o individualismo.

Por serem individualistas, os artistas românticos propunham a supremacia dos sentimentos e das emoções sobre a razão. Por isso as obras típicas desse movimento são tão exaltadas, tão cheias de paixões.

Quando seus dramas e conflitos adquirem grande intensidade, o romântico costuma fugir para o seio da natureza, vista por ele como refúgio acolhedor para o ser humano atormentado. Daí sua preferência pelos ambientes solitários e noturnos, considerados mais propícios aos desabafos sentimentais.

O nacionalismo é outra característica marcante do movimento romântico. Nos escritores europeus, ele manifestou-se muitas vezes na abordagem de temas históricos que privilegiavam a Idade Média, tida como fonte das tradições populares e época de formação do caráter nacional.

A ânsia de liberdade absoluta, o profundo individualismo, a expressão plena dos sentimentos e emoções, o culto da Natureza, o nacionalismo apaixonado são as características básicas do Romantismo.

Jornalismo e Romantismo

A difusão cada vez maior do jornalismo e a ascensão da classe burguesa na maioria dos países europeus propiciaram a formação de um grande e novo público, que passou a buscar na literatura a representação de situações que lhe fossem familiares.

Os jornais acostumaram os leitores às histórias sentimentais e de suspense (os folhetins), que geralmente eram publicadas em capítulos; muitos escritores passaram a colaborar em revistas e periódicos, profissionalizando-se. A literatura começava, enfim, a se popularizar.

O ROMANTISMO NO BRASIL (1836-1881)

O movimento romântico desenvolveu-se no Brasil durante o século XIX, constituindo o período do verdadeiro nascimento da nossa literatura, pois nele a poesia enriqueceu-se admiravelmente, criaram-se o romance e o teatro nacionais e formou-se um razoável público leitor.

A transferência de D. João VI, com toda a família real portuguesa, para o Rio de Janeiro foi essencial para o desenvolvimento cultural brasileiro. Nos anos em que aqui esteve (1808-1821), D. João VI tomou algumas iniciativas importantes, como as reformas do ensino, a criação de escolas superiores, a permissão para o funcionamento de tipografias (que deram origem à imprensa periódica e à atividade editorial), a instalação de bibliotecas públicas etc.

Envolvida pelo clima de independência, de 1822, a literatura romântica sempre expressou sua ligação com a política e, ao lado da euforia da liberdade e do desejo de construção de uma pátria brasileira, surgiu também a vontade de criar uma literatura autenticamente nacional, uma busca da "brasilidade" fosse na temática, fosse na linguagem usada pelos românticos, que abandonaram aos poucos o tom lusitano em favor de um estilo mais próximo da fala brasileira.

Didaticamente falando, o Romantismo brasileiro teve início em 1836, quando foi publicado o livro *Suspiros poéticos e saudades*, de Gonçalves de Magalhães, encerrando-se em 1881, quando foram lançados os primeiros livros realistas.

Tendência do romance romântico

O nosso romance romântico, de acordo com o tema fundamental que aborda, pode ser classificado em urbano, sertanejo ou regionalista, histórico e indianista.

O **romance urbano** desenvolve temas ligados à vida social, principalmente a do Rio de Janeiro. A variedade de tipos humanos, os problemas sociais e morais decorrentes do desenvolvimento da cidade, tudo serviu de fonte para os nossos escritores. Destacam-se os romances: *Senhora* e *Lucíola*, de José de Alencar; *A moreninha* e *O moço loiro*, de Joaquim Manuel de Macedo; *Memórias de um sargento de milícias*, de Manuel Antônio de Almeida.

A atração pelo pitoresco e o desejo de explorar e investigar o Brasil do interior fizeram o autor romântico se interessar pela vida e hábitos das populações que viviam distante das cidades. Abria-se, assim, o campo fecundo do **romance sertanejo** ou **regionalista**, que até hoje continua a fornecer matéria à nossa literatura. Destacam-se *O sertanejo*, *O gaúcho* e *O tronco do ipê*, de José de Alencar; *Inocência*, de Taunay; *A escrava Isaura* e *O seminarista*, de Bernardo Guimarães.

O **romance histórico** foi um dos principais meios encontrados pelos românticos para a reinterpretação nacionalista de fatos e personagens de nossa história numa valorização (e idealização) de nosso passado. Destacam-se *O guarani*, *As minas de prata* e *A Guerra dos Mascates*, de José de Alencar; *Lendas* e romances e *Histórias e tradições da província de Minas Gerais*, de Bernardo Guimarães; e *O matuto* e *Lourenço*, de Franklin Távora.

Ainda na perspectiva de valorização de nossas origens, surge o **romance indianista**, tendo encontrado sua melhor realização nas obras de José de Alencar, que idealizou a figura do índio, exaltando-lhe a nobreza e a valentia em *Ubirajara*, *Iracema* e *O guarani*.

Cronologia dos principais romances românticos

1844   *A moreninha* (Joaquim Manuel de Macedo)
1845   *O moço loiro* (Joaquim Manuel de Macedo)
1852   *Memórias de um sargento de milícias* (Manuel A. de Almeida)
1856   *Cinco minutos* (José de Alencar)
1857   *O guarani* (José de Alencar)
1862   *Lucíola* (José de Alencar)
1865   *Iracema* (José de Alencar)
1872   *Inocência* (Taunay)
       O seminarista (Bernardo Guimarães)
1874   *Ubirajara* (José de Alencar)
1875   *Senhora* (José de Alencar)
       O sertanejo (José de Alencar)
       A escrava Isaura (Bernardo Guimarães)
1876   *O cabeleira* (Franklin Távora)
1878   *O matuto* (Franklin Távora)

Quem lia os romances românticos?

A prosa literária brasileira começa no Romantismo. Com o gradual desenvolvimento de algumas cidades, sobretudo a do Rio de Janeiro, a cidade da corte, formou-se um público leitor composto basicamente de jovens da classe rica, cujo ócio permitia a leitura de romances e folhetins. Esse público buscava na literatura apenas distração. Torcia por seus heróis, sofria com as heroínas e tão logo chegava ao final, fechava o livro e o esquecia, esperando o próximo, que lhe ofereceria praticamente as mesmas emoções. O público de hoje substituiu os romances e folhetins pelas telenovelas, mas ainda continua em busca de distração, passando o tempo a torcer e a chorar por seus heróis...

Quadro cronológico dos movimentos literários no Brasil

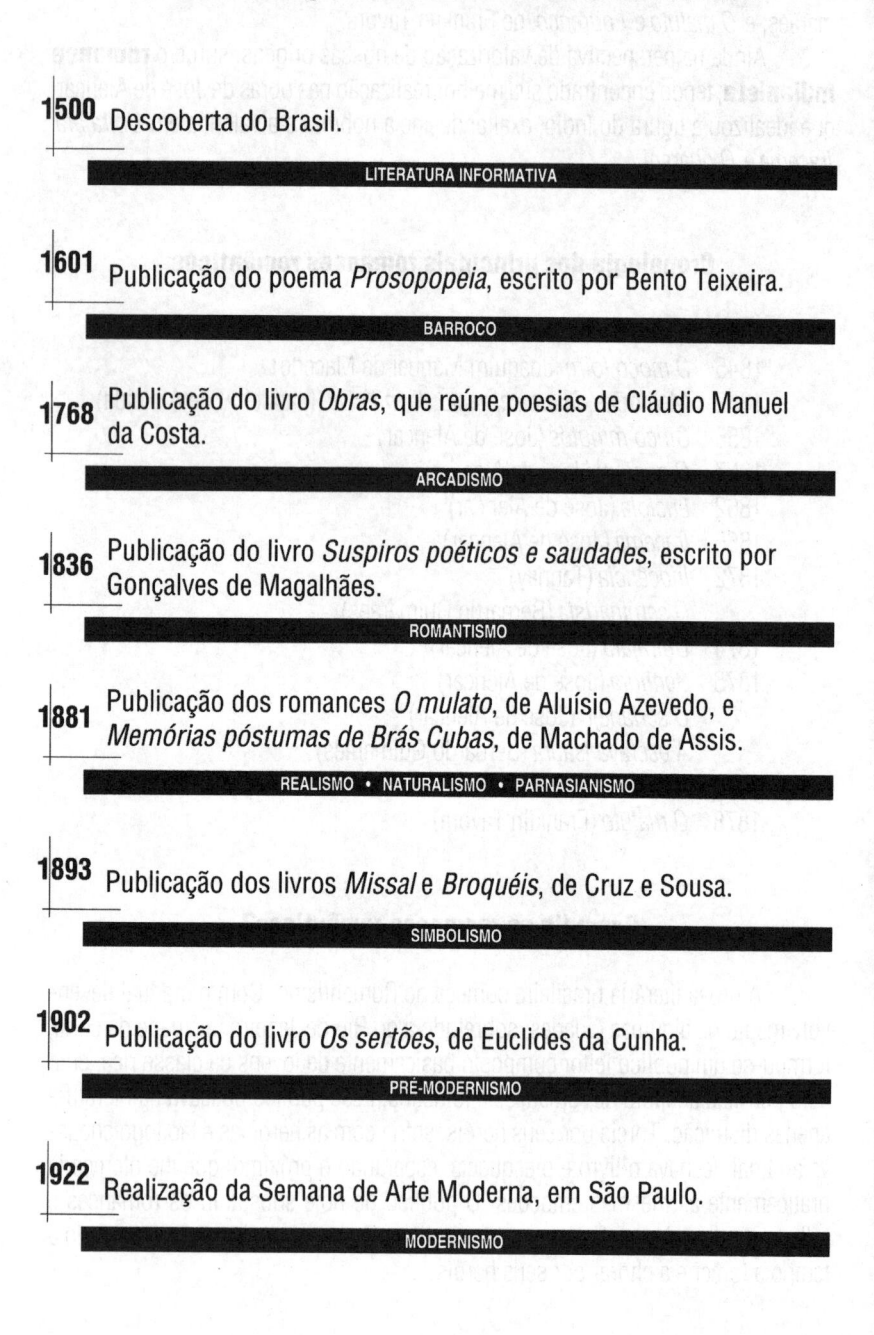

1500 Descoberta do Brasil.

LITERATURA INFORMATIVA

1601 Publicação do poema *Prosopopeia*, escrito por Bento Teixeira.

BARROCO

1768 Publicação do livro *Obras*, que reúne poesias de Cláudio Manuel da Costa.

ARCADISMO

1836 Publicação do livro *Suspiros poéticos e saudades*, escrito por Gonçalves de Magalhães.

ROMANTISMO

1881 Publicação dos romances *O mulato*, de Aluísio Azevedo, e *Memórias póstumas de Brás Cubas*, de Machado de Assis.

REALISMO • NATURALISMO • PARNASIANISMO

1893 Publicação dos livros *Missal* e *Broquéis*, de Cruz e Sousa.

SIMBOLISMO

1902 Publicação do livro *Os sertões*, de Euclides da Cunha.

PRÉ-MODERNISMO

1922 Realização da Semana de Arte Moderna, em São Paulo.

MODERNISMO

José de Alencar

Fatos biográficos

1829 A 1º de março, segundo a certidão de idade, nasce em Mecejana, no Ceará, José Martiniano de Alencar, filho de José Martiniano de Alencar, que participou ativamente da vida política do Império, e de Ana Josefina de Alencar. (A família do escritor, porém, comemorava seu aniversário a 1º de maio, que, provavelmente, deve ser a data correta de seu nascimento.)

1846 Matricula-se na Faculdade de Direito de São Paulo. Funda, com colegas do primeiro ano, a revista *Ensaios Literários*.

1848 Transfere-se para a Faculdade de Direito de Olinda, onde cursa o terceiro ano.

1849 Volta a São Paulo, onde cursa o quarto ano da Faculdade de Direito, formando-se no ano seguinte.

1854 Inicia sua colaboração no jornal *Correio Mercantil*, que vai até o ano seguinte.

1855 Passa a colaborar como folhetinista no *Diário do Rio de Janeiro*.

1856 Sob o pseudônimo de "*Ig*", faz a crítica do poema "A Confederação dos Tamoios", de Gonçalves de Magalhães. Essa crítica fez nascer entre Alencar e os amigos do poeta uma acirrada polêmica, de que participou o próprio D. Pedro II. Nesse mesmo ano começa a publicar, em folhetim, seu primeiro romance: *Cinco minutos*.

1857 Publica o romance *O guarani* (anteriormente em folhetim), seu primeiro grande sucesso literário. Inicia intensa produção teatral.

1859 Torna-se chefe da Secretaria do Ministério da Justiça. Mais tarde, passa a consultor desse ministério.

1860 Morre seu pai, o senador José Martiniano de Alencar. Viaja ao Ceará em propaganda de sua candidatura a deputado.

1861 Elege-se deputado pelo Partido Conservador.

1864 Casa-se com Ana Cochrane, que pertencia à família do almirante inglês Cochrane, um dos participantes das lutas da Independência.

1865 Inicia a publicação das *Cartas de Erasmo*, dirigidas ao imperador. Primeira edição do romance *Iracema*.

1868 Torna-se Ministro da Justiça, cargo que ocupará por dois anos.

1869 Candidata-se ao Senado, contrariando D. Pedro II.

1870 Volta à Câmara dos Deputados em oposição ao imperador, que o exclui da lista para a recomposição do Senado.

1875 Publica a primeira edição do romance *Senhora*.

1877 A 12 de dezembro, falece no Rio de Janeiro, aos 48 anos de idade.

Obras

Linha social ou urbana: *Cinco minutos* (1856), *A viuvinha* (1857), *Lucíola* (1862), *Diva* (1864), *A pata da gazela* (1870), *Sonhos d'ouro* (1872), *Senhora* (1875), *Encarnação* (1893).
Linha regionalista: *O gaúcho* (1870), *O tronco do ipê* (1871), *Til* (1872), *O sertanejo* (1875).
Linha histórica: *O guarani* (1857), *As minas de prata* (1871), *A Guerra dos Mascates* (1873).
Linha indianista: *Iracema* (1865), *Ubirajara* (1874).

Lucíola

Inserindo-se na tradição romântica das biografias de cortesãs, *Lucíola* (1862) faz parte dos "perfis de mulher" na obra de José de Alencar, ao lado de *Diva* (1864), *A pata da gazela* (1870) e *Senhora* (1875). Esse tema já havia sido anteriormente explorado pelos franceses Prévost, no livro *Manon Lescaut*, e Alexandre Dumas Filho, em *A Dama das Camélias*.

Alguns críticos contemporâneos de Alencar viram em *Lucíola* uma simples transposição (ou mesmo plágio) do romance de Dumas Filho, por se referirem ambos a prostitutas apaixonadas. Irônico, o autor antecipou-se aos críticos, fazendo sua personagem, Lúcia, ler *A Dama das Camélias* e comentá-lo, criticando a leviandade da personagem Margarida. Para Alencar, a redenção da prostituta não depende *apenas* do amor, mas é necessário que ele seja puro, renegue o carnal e isole-se na esfera da alma para concretizar-se realmente.

A narrativa de Dumas Filho é fragmentada, mostrando o retrato da prostituta Margarida através de muitos pontos de vista: cartas, diários, depoimentos variados. Em *Lucíola*, Alencar usa método oposto. Aproxima-se exaustivamente de *um só* ponto de vista: o de Paulo, amante de Lúcia, que escreve um relato minucioso de seu relacionamento com ela, e o envia a uma "senhora", pois esta criticava as cortesãs com excessivo rigor. Paulo pretende mostrar que, mesmo vivendo no vício, uma alma nobre pode manter-se intocada.

O narrador tem seus motivos para afirmar essa "pureza de alma", pois viveu intimamente a transformação de uma cortesã.

A primeira impressão que Paulo tem de Lúcia é a de que ela é uma moça honesta. Surpreende-se ao saber, por intermédio de um amigo, que foi apresentado a uma das cortesãs mais caras do Rio de Janeiro.

O relacionamento entre Paulo e Lúcia é marcado pela atração física (às vezes Lúcia é de uma selvageria despudorada) e por momentos de extrema desconfiança, por parte do moço. Ele não pode entender o amor desinteressado da cortesã.

Aos poucos, o amor vence a desconfiança. Paulo começa a ver em Lúcia uma amiga, mais do que uma amante. O final aponta para uma regeneração moral absoluta.

Aparentemente, Paulo é um personagem bem mais frágil do que Lúcia diante do amor. Ele se sente dividido, envergonha-se da sua pobreza em contraste com o ambiente luxuoso da casa de Lúcia, criando situações constrangedoras de ciúme e cobrança social. Na verdade, talvez essa mesma fragilidade é o que torna Paulo o agente da transformação da cortesã. Desde o primeiro encontro, na Rua das Mangueiras, o rapaz a olha como a uma mulher bela e casta. Mesmo no relacionamento carnal entre eles, Paulo sempre procura romanticamente vestígios de decência e orgulho na amante.

Lúcia percebe essa diferença de alma do rapaz, o oposto do comportamento cínico de Sá ou Couto. Por isso ela o ama integralmente, sem se importar com regras sociais ou questões financeiras. Quer se transformar, recusa o sexo como impuro e quer que Paulo a receba "virgem na alma". Lúcia é uma autêntica personagem de exceção romântica, a alma nobre diante de uma sociedade nem sempre justa. O tipo de personagem que se encaixa muito bem na óptica moralizadora de Alencar, valorizando os dons espirituais em detrimento de comportamentos levianos da sociedade carioca da sua época.

12

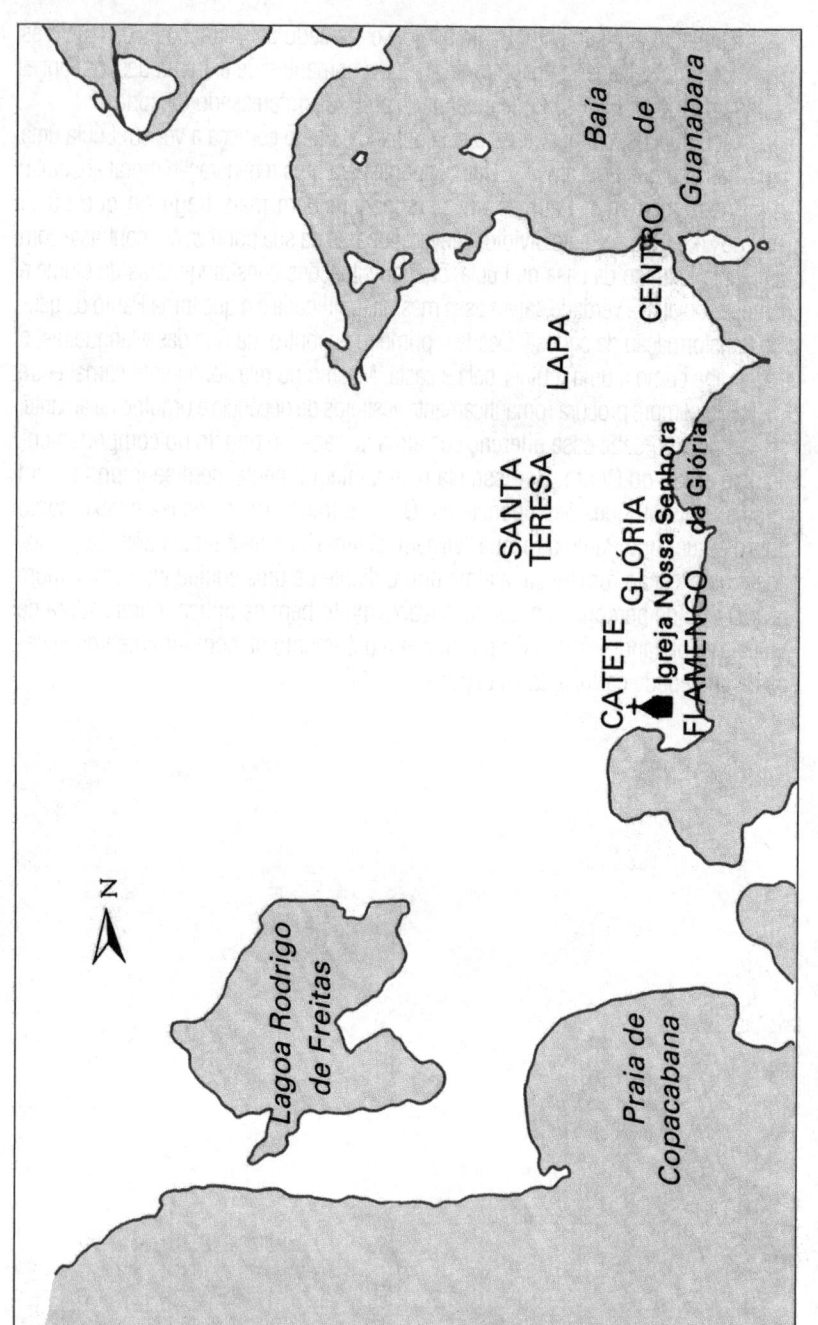

Bairros da cidade do Rio de Janeiro da época em que transcorre a ação de *Lucíola*.

Painel Fotográfico

Capa da revista satírica *Ba-ta-clan* de 29 de agosto de 1868. Nessa época, José de Alencar era o ministro da Justiça, daí o motivo da caricatura. Um detalhe interessante: observe que a revista era impressa em francês.

Vista frontal do teatro São Pedro de Alcântara em 1835. Em seu palco, por inúmeras vezes brilhou o talento de João Caetano, famoso ator carioca contemporâneo de José de Alencar.

"Às três horas da tarde passando pela Rua do Ouvidor vi Lúcia." A Rua do Ouvidor era a rua das lojas finas, dos cafés, das confeitarias. Ali, estabeleceram-se as modistas e costureiras francesas depois da chegada da corte de D. João VI, em 1808. Essa rua ficou tão famosa que entre 1898 e 1903 chegou a ter uma revista própria, chamada "Rua do Ouvidor". Na ilustração, vemos a capa de um dos números dessa revista.

No século XIX, a classe alta carioca imitava a moda europeia. Na ilustração, os últimos lançamentos para 1870 em Londres, Paris e, claro, também para o Rio de Janeiro.

Binóculo de teatro que pertenceu à imperatriz Tereza Cristina. O hábito de frequentar teatros é muitas vezes citado por romances românticos, como você pôde ler em *Lucíola*: "Esperando que se levantasse o pano, corríamos ambos com o binóculo as ordens de camarotes, que se começavam a encher".

Penteados que estavam na moda em 1870, na França. As revistas francesas, como *Le journal des modes*, podiam ser compradas pelas mulheres ricas cariocas, que procuravam seguir a moda de Paris.

15

Conjunto de toucador de uma dama carioca do século XIX: espelho, frascos de perfume, escova de roupa, caixas de diversos tamanhos e finalidades. Observe o requinte e esmero de cada objeto.

MUSEU HISTÓRICO NACIONAL

Cena de baile da alta sociedade carioca do século XIX. O artista deu especial destaque à elegância dos trajes. O quadro chama-se *Cedo demais* e foi pintado por James Tissot em 1873.

Marie Duplessis, a "Dama das Camélias" na vida real, a mulher que inspirou o famoso romance de Alexandre Dumas Filho e que aparece citado em Lucíola: " — Está bem: deixemos em paz *A Dama das Camélias*. Nem tu és Margarida, nem eu sou Armando".

Margarida e Armando, o par romântico do livro *A Dama das Camélias* vivido no cinema por Greta Garbo e Robert Taylor. Observe a fiel reconstituição da moda elegante do século XIX, imitada nos bailes da corte do Rio de Janeiro.

Retrato de Alexandre Dumas Filho na época em que escreveu o seu famoso romance *A Dama das Camélias*.

"— Lembra-se da febre amarela em 1850? (…) Foi um ano terrível! Meu pai, minha mãe, meus manos, todos caíram doentes." A febre amarela castigou o Rio de Janeiro várias vezes. Nesta ilustração, vemos uma charge referente à epidemia de 1876.

Ao Autor

Reuni as suas cartas e fiz um livro.[1]
Eis o destino que lhes dou; quanto ao título, não me foi difícil achar.
O nome da moça, cujo perfil o senhor desenhou com tanto esmero, lembrou-me o nome de um inseto.
Lucíola é o lampiro noturno que brilha de uma luz tão viva no seio da treva e à beira dos charcos. Não será a imagem verdadeira da mulher que no abismo da perdição conserva a pureza d'alma?
Deixe que raivem os moralistas.
A sua história não tem pretensões a vestal. É musa cristã: vai trilhando o pó com os olhos no céu. Podem as urzes do caminho dilacerar-lhe a roupagem: veste-a a virtude.
Demais, se o livro cair nas mãos de alguma das poucas mulheres que leem neste país, ela verá estátuas e quadros de mitologia, a que não falta nem o véu da graça, nem a folha de figueira, símbolos do pudor no Olimpo e no Paraíso terrestre.
Novembro de 1861.

G.M.

---

1 Repare na estratégia de Alencar: para conseguir verossimilhança em seu texto, ele supõe que a história é real, contada por Paulo em cartas à senhora G. M.

1

A senhora estranhou, na última vez que estivemos juntos, a minha excessiva indulgência pelas criaturas infelizes, que escandalizam a sociedade com a ostentação do seu luxo e extravagâncias.

Quis responder-lhe imediatamente, tanto é o apreço em que tenho o tato sutil e esquisito da mulher superior para julgar de uma questão de sentimento. Não o fiz, porque vi sentada no sofá, do outro lado do salão, sua neta, gentil menina de dezesseis anos, flor cândida e suave, que mal desabrocha à sombra materna. Embora não pudesse ouvir-nos, a minha história seria uma profanação na atmosfera que ela purificava com os perfumes da sua inocência; e — quem sabe? — talvez por ignota repercussão o melindre de seu pudor se arrufasse unicamente com os palpites de emoções que iam acordar em minha alma.

Receei também que a palavra viva, rápida e impressionável não pudesse, como a pena calma e refletida, perscrutar os mistérios que desejava desvendar-lhe, sem romper alguns fios da tênue gaza com que a fina educação envolve certas ideias, como envolve a moda em rendas e tecidos diáfanos os mais sedutores encantos da mulher. Vê-se tudo; mas furta-se aos olhos a indecente nudez.

Calando-me naquela ocasião, prometi dar-lhe a razão que a senhora exigia; e cumpro o meu propósito mais cedo do que pensava. Trouxe no desejo de agradar-lhe a inspiração; e achei voltando a insônia de recordações que despertara a nossa conversa. Escrevi as páginas que lhe envio, às quais a senhora dará um título e o destino que merecerem. É um *perfil de mulher* apenas esboçado.

Desculpe, se alguma vez a fizer corar sob os seus cabelos brancos, pura e santa coroa de uma virtude que eu respeito. O rubor vexa em face de um homem; mas em face do papel, muda e impassível testemunha, ele deve ser para aquelas que já imolaram à velhice os últimos desejos, uma como essência de gozos extintos, ou extremo perfume que deixam nos espinhos as desfolhadas rosas.[1]

De resto, a senhora sabe que não é possível pintar sem que a luz projete claros e escuros. Às sombras do meu quadro se esfumam traços carregados, contrastam debuxando o relevo e colorido de límpidos contornos.

2

A primeira vez que vim ao Rio de Janeiro foi em 1855.

Poucos dias depois da minha chegada, um amigo e companheiro de infância, o Dr. Sá, levou-me à festa da Glória; uma das poucas festas populares da corte. Conforme o

---

[1] Essa "senhora", leitora idealizada por Alencar, é mulher respeitável, mas experiente. Por isso, se o texto despertar nela algum sentimento que a envergonhe, por estar diante do "papel" não deverá ficar "vexada'.

costume, a grande romaria desfilando pela rua da Lapa e ao longo do cais, serpejava nas faldas do outeiro e apinhava-se em torno da poética ermida, cujo âmbito regurgitava com a multidão do povo.

Era *ave-maria* quando chegamos ao adro; perdida a esperança de romper a mole de gente que murava cada uma das portas da igreja, nos resignamos a gozar da fresca viração que vinha do mar, contemplando o delicioso panorama da baía e admirando ou criticando as devotas que também tinham chegado tarde e pareciam satisfeitas com a exibição de seus adornos.

Enquanto Sá era disputado pelos numerosos amigos e conhecidos, gozava eu da minha tranquila e independente obscuridade, sentado comodamente sobre a pequena muralha e resolvido a estabelecer ali o meu observatório. Para um provinciano recém--chegado à corte, que melhor festa do que ver passar-lhe pelos olhos, à doce luz da tarde, uma parte da população desta grande cidade, com os seus vários matizes e infinitas gradações?

Todas as raças, desde o caucasiano sem mescla até o africano puro; todas as posições, desde as ilustrações da política, da fortuna ou do talento, até o proletário humilde e desconhecido; todas as profissões, desde o banqueiro até o mendigo; finalmente, todos os tipos grotescos da sociedade brasileira, desde a arrogante nulidade até a vil lisonja, desfilaram em face de mim, roçando a seda e a casimira pela baeta ou pelo algodão, misturando os perfumes delicados às impuras exalações, o fumo aromático do havana às acres baforadas do cigarro de palha.

É uma festa filosófica essa festa da Glória! Aprendi mais naquela meia hora de observação do que nos cinco anos que acabava de esperdiçar em Olinda com uma prodigalidade verdadeiramente brasileira.

A lua vinha assomando pelo cimo das montanhas fronteiras; descobri nessa ocasião, a alguns passos de mim, uma linda moça, que parara um instante para contemplar no horizonte as nuvens brancas esgarçadas sobre o céu azul e estrelado. Admirei-lhe do primeiro olhar um talhe esbelto e de suprema elegância. O vestido que o moldava era cinzento com orlas de veludo castanho e dava esquisito realce a um desses rostos suaves, puros e diáfanos, que parecem vão desfazer-se ao menor sopro, como os tênues vapores da alvorada. Ressumbrava na sua muda contemplação doce melancolia e não sei que laivos de tão ingênua castidade, que o meu olhar repousou calmo e sereno na mimosa aparição.

— Já vi esta moça! — disse comigo. — Mas onde?...

Ela pouco demorou-se na sua graciosa imobilidade e continuou lentamente o passeio interrompido. Meu companheiro cumprimentou-a com um gesto familiar; eu, com respeitosa cortesia, que me foi retribuída por uma imperceptível inclinação da fronte.

— Quem é esta senhora? — perguntei a Sá.

A resposta foi o sorriso inexprimível, mistura de sarcasmo, de bonomia e fatuidade, que desperta nos elegantes da corte a ignorância de um amigo, profano na difícil ciência das banalidades sociais.

— Não é uma senhora, Paulo! É uma mulher bonita[1]. Queres conhecê-la?...

Compreendi e corei de minha simplicidade provinciana, que confundira a máscara hipócrita do vício com o modesto recato da inocência. Só então notei que aquela moça estava só, e que a ausência de um pai, de um marido, ou de um irmão, devia-me ter feito suspeitar a verdade[2].

Depois de algumas voltas descobrimos ao longe a ondulação do seu vestido, e fomos encontrá-la, retirada a um canto, distribuindo algumas pequenas moedas de prata à multidão de pobres que a cercava. Voltou-se confusa ouvindo Sá pronunciar o seu nome:

— Lúcia!

— Não há modos de livrar-se uma pessoa dessa gente! São de uma impertinência! — disse ela, mostrando os pobres e esquivando-se aos seus agradecimentos.

Feita a apresentação no tom desdenhoso e altivo com que um moço distinto se dirige a essas sultanas do ouro, e trocadas algumas palavras triviais, meu amigo perguntou-lhe:

— Vieste só?

— Em corpo e alma.

— E não tens companhia para a volta?

Ela fez um gesto negativo.

— Neste caso ofereço-te a minha, ou antes a nossa.

— Em qualquer outra ocasião aceitaria com muito prazer; hoje não posso.

— Já vejo que não foste franca!

— Não acredita?... Se eu viesse por passeio!

— E qual é o outro motivo que te pode trazer à festa da Glória?

— A senhora veio talvez por devoção? — disse eu.

— A Lúcia devota!... Bem se vê que a não conheces.

— Um dia no ano não é muito! — respondeu ela sorrindo.

— É sempre alguma coisa — repliquei.

Sá insistiu:

— Deixa-te disso; vem conosco.

— O senhor sabe que não é preciso rogar-me quando se trata de me divertir. Amanhã, qualquer dia, estou pronta. Esta noite, não!

— Decididamente há alguém que te espera.

— Ora! Faço mistério disso?

— Não é teu costume decerto.

— Portanto tenho o direito de ser acreditada. As aparências enganam tantas vezes! Não é verdade? — disse, voltando-se para mim com um sorriso.

Não me lembra o que lhe respondi; alguma palavra que nada exprimia, dessas que se pronunciam às vezes para ter o ar de dizer alguma coisa. Quanto a Lúcia, fazendo-nos

---

1 Lúcia recebe aqui um tratamento diferenciado por parte de Paulo e de Sá. Como não merece ser chamada de "senhora", acaba sendo excluída do meio das pessoas consideradas decentes.
2 Para a rígida moral do século XIX, a mulher desacompanhada era considerada desonrada, sem pudor.

um ligeiro aceno com o leque, aproveitou uma aberta da multidão e penetrou no interior da igreja, em risco de ser esmagada pelo povo.

Não preciso dizer-lhe, pois adivinha, que acabava de fazer uma triste figura. Não sou tímido; ao contrário peco por desembaraçado. Mas nessa ocasião diversas circunstâncias me tiravam do meu natural. A expressão cândida do rosto e a graciosa modéstia do gesto, ainda mesmo quando os lábios dessa mulher revelavam a cortesã franca e impudente; o contraste inexplicável da palavra e da fisionomia, junto à vaga reminiscência do meu espírito, me preocupavam sem querer. Atribuo a isso ter eu apenas balbuciado algumas palavras durante a conversa, e haver cortejado respeitosamente a *senhora*, que apesar de tudo ainda me aparecia nessa mulher, mal a voz lhe expirava nos lábios, porque, então, o desdém que vertia de sua frase volúbil passava, e o semblante em repouso tomava uns ares de meiga distinção.

A festa continuou, e fomos acabá-la em uma alegre reunião, onde se dançou e brincou até duas horas da noite.

Quando apaguei a minha vela ao deitar-me, na dúbia visão que oscila entre o sono e a vigília, foi que desenhou-se no meu espírito em viva cor a reminiscência que despertara em mim o encontro de Lúcia. Lembrei-me então perfeitamente quando e como a vira a primeira vez.[1]

Fora no dia da minha chegada. Jantara com um companheiro de viagem, e ávidos ambos de conhecer a corte, saímos de braço dado a percorrer a cidade. Íamos, se não me engano, pela rua das Mangueiras, quando, voltando-nos, vimos um carro elegante que levavam a trote largo dois fogosos cavalos. Uma encantadora menina, sentada ao lado de uma senhora idosa, se recostava preguiçosamente sobre o macio estofo, e deixava pender pela cobertura derreada do carro a mão pequena que brincava com um leque de penas escarlates. Havia nessa atitude cheia de abandono muita graça; mas graça simples, correta e harmoniosa; não desgarro com ares altivos, decididos, que afetam certas mulheres à moda.

No momento em que passava o carro diante de nós, vendo o perfil suave e delicado que iluminava a aurora de um sorriso raiando apenas no lábio mimoso, e a fronte límpida que à sombra dos cabelos negros brilhava de viço e juventude, não me pude conter de admiração.

Acabava de desembarcar; durante dez dias de viagem tinha-me saturado da poesia do mar, que vive de espuma, de nuvens e de estrelas; povoara a solidão profunda do oceano, naquelas compridas noites veladas ao relento, de sonhos dourados e risonhas esperanças; sentia enfim a sede da vida em flor que desabrocha aos toques de uma imaginação de vinte anos, sob o céu azul da corte.

Recebi, pois, essa primeira impressão com verdadeiro entusiasmo, e a minha voz habituada às fortes vibrações nas conversas à tolda do vapor, quando zunia pelas enxárcias a fresca viração, minha voz excedeu-se:

---

1 Alencar se utiliza do *flashback* para que Paulo se recorde de quando viu Lúcia pela primeira vez. Ele a define como "menina", com "graça simples", "juventude". O próprio narrador percebe o modo romântico com que traçou o retrato daquela jovem.

— Que linda menina! — exclamei para meu companheiro, que também admirava.
— Como deve ser pura a alma que mora naquele rosto mimoso!

Um embaraço imprevisto, causado por duas gôndolas, tinha feito parar o carro. A moça ouvia-me; voltou ligeiramente a cabeça para olhar-me, e sorriu. Qual é a mulher bonita que não sorri a um elogio espontâneo e a um grito ingênuo de admiração? Se não sorri nos lábios, sorri no coração.

Durante que se desimpedia o caminho, tínhamos parado para melhor admirá-la; e então ainda mais notei a serenidade de seu olhar que nos procurava com ingênua curiosidade, sem provocação e sem vaidade. O carro partiu; porém tão de repente e com tal ímpeto dos cavalos por algum tempo sofreados, que a moça assustou-se e deixou cair o leque. Apressei-me, e tive o prazer de o restituir inteiro.

Na ocasião de entregar o leque apertei-lhe a ponta dos dedos presos na luva de pelica. Bem vê que tive razão assegurando-lhe que não sou tímido. A minha afoiteza a fez corar; agradeceu-me com um segundo sorriso e uma ligeira inclinação da cabeça; mas o sorriso desta vez foi tão melancólico, que me fez dizer ao meu companheiro:

— Esta moça não é feliz!
— Não sei; mas o homem a quem ela amar deve ser bem feliz.

Nunca lhe sucedeu, passeando em nossos campos, admirar alguma das brilhantes parasitas que pendem dos ramos das árvores, abrindo ao sol a rubra corola? E quando ao colher a linda flor, em vez da suave fragrância que esperava, sentiu o cheiro repulsivo de torpe inseto que nela dormiu, não a tirou com desprezo para longe de si?[1]

É o que se passava em mim quando essas primeiras recordações roçaram a face da Lúcia que eu encontrara na Glória. Voltei-me no leito para fugir à sua imagem, e dormi.

3

A corte tem mil seduções que arrebatam um provinciano aos seus hábitos, e o atordoam e preocupam tanto, que só ao cabo de algum tempo o restituem à posse de si mesmo e ao livre uso de sua pessoa.

Assim me aconteceu. Reuniões, teatros, apresentações às notabilidades políticas, literárias e financeiras de um e outro sexo[2]; passeios aos arrabaldes; visitas de cerimônia e jantares obrigados; tudo isso encheu o primeiro mês de minha estada no Rio de Janeiro. Depois desse tributo pago à novidade, conquistei os foros de cortesão e o direito de aborrecer-me à vontade.

Uma bela manhã, pois, estava na crítica posição de um homem que não sabe o que fazer. Li os anúncios dos jornais; escrevi à minha família; participei a minha chegada aos amigos; e por fim ainda me achei com uma sobra de tempo que embaraçava-me realmen-

---

1 Repare na metáfora da flor: vício e virtude, beleza e horror marcados com expressividade.
2 O narrador demonstra haver "notabilidades políticas, literárias e financeiras" também entre mulheres. Fato expressivo, já que na província as mulheres dificilmente conseguiram tomar para si alguma dessas tarefas.

te. Acendi o charuto; e ao través da fumaça azulada, lancei uma vista pelos dias decorridos. "Lembrar-se é viver outra vez", diz o poeta.

De repente caiu-me um nome da memória. Achara em que empregar a manhã.

— Vou ver a Lúcia.

Depois da festa da Glória tinha-a encontrado algumas vezes, mas sem lhe falar. Lembro-me de uma manhã em casa do Desmarais. Lúcia passava, parou na vidraça e entrou para comprar algumas perfumarias; o seu vestido roçara por mim; mas ela não me olhou, nem pareceu ter-me visto. Essa circunstância, e talvez um resquício do desgosto que deixara a minha decepção, tiraram-me a vontade de a cumprimentar; contudo conservei o chapéu na mão todo tempo que esteve na loja. Quando escolhia alguns vidros de extratos, mostraram-lhe um que ela repeliu com um gesto vivo e um sorriso irônico:

— Flor de laranja!... É muito puro para mim!

Ao sair, dobrou o seu talhe flexível inclinando-se vivamente para o meu lado, enquanto a mão ligeira roçagava os amplos folhos da seda que rugia arrastando. Esse movimento podia ser uma profunda cortesia disfarçada com certo acanhamento; e podia não passar de um gesto habitual de faceirice feminina.

Outra vez estava no teatro; tinha ido fazer minha visita a um camarote durante o último intervalo, e conversando reparei na insistência com que me examinava um binóculo da segunda ordem. Da pessoa que o fitava só via a mão pequena e a fronte pura, que denunciavam uma mulher. Depois, ao levantar o pano, vi Lúcia naquela direção, e pareceu-me reconhecer nela a indiscreta luva cor de pérola e o curioso instrumento que me perseguira com o seu exame.

Eis quais eram as minhas relações com essa moça; e confesso que vestindo-me sentia algumas apreensões sobre a recepção que me esperava; não há nada que mais vexe do que a posição de um homem solicitando da memória rebelde da pessoa a quem se dirige um reconhecimento tardio.

Não obstante, poucos minutos depois subia as escadas de Lúcia, e entrava numa bela sala decorada e mobiliada com mais elegância do que riqueza. Ela mostrou não me reconhecer imediatamente; mas apenas falei-lhe do nosso primeiro encontro na Rua das Mangueiras, sorriu e fez-me o mais amável acolhimento. Conversamos muito tempo sobre mil futilidades que nos ocorreram; e eu tive ocasião de notar a simplicidade e a graça natural com que se exprimia.

O que porém continuava a supreender-me ao último ponto era o casto e ingênuo perfume que respirava de toda a sua pessoa. Uma ocasião, sentados no sofá, como estávamos, a gola de seu roupão azul abriu-se com um movimento involuntário, deixando ver o contorno nascente de um seio branco e puro, que o meu olhar ávido devorou com ardente voluptuosidade. Acompanhando a direção desse olhar, ela enrubesceu como uma menina e fechou o roupão; mas doce e brandamente, sem nenhuma afetação pretensiosa.[1]

---

1 A descrição da *toilette* reveste-se de extrema importância, porque pode caracterizar pudor ou indecência, recato ou sensualidade.

Tal é a força mística do pudor, que o homem o mais ousado, desde que tem no coração o instinto da delicadeza, não se anima a amarrotar bruscamente esse véu sutil que resguarda a fraqueza da mulher. Se a resistência irrita-lhe o desejo, o enleio casto, a leve rubescência que veste a beleza como de um santo esplendor, influem mágico respeito. Isso, quando se ama; quando a atração irresistível da alma emudece os escrúpulos e as suscetibilidades. O que não será, pois, quando apenas um desejo ou um capricho passageiro nos excita? Então, ousar é mais do que uma ofensa; é um insulto cruel.

Se eu amasse essa mulher, que via pela terceira ou quarta vez, teria certamente a coragem de falar-lhe do que sentia; se quisesse fingir um amor degradante, acharia força para mentir; mas tinha apenas sede de prazer; fazia dessa moça uma ideia talvez falsa; e receava seriamente que uma frase minha lhe doesse tanto mais, quanto ela não tinha nem o direito de indignar-se, nem o consolo que deve dar a consciência de uma virtude rígida.

Quando me lembrava das palavras que lhe tinha ouvido na Glória, do modo por que Sá a tratara e de outras circunstâncias, como do seu isolamento a par do luxo que ostentava, tudo me parecia claro; mas se me voltava para aquela fisionomia doce e calma, perfumada com uns longes de melancolia; se encontrava o seu olhar límpido e sereno; se via o gesto quase infantil, o sorriso meigo e a atitude singela e modesta, o meu pensamento impregnado de desejos lascivos se depurava de repente, como o ar se depura com as brisas do mar que lavam as exalações da terra.[1]

E continuávamos a conversar tranquilamente de mil coisas, menos daquela que me tinha levado à sua casa. Não posso repetir-lhe todo esse longo diálogo; mal conseguirei recompor com as minhas lembranças algum fragmento dele.

— Há muito tempo que está no Rio de Janeiro? — perguntou-me Lúcia depois de uma pausa.

— Há pouco mais de um mês. Cheguei justamente no dia em que a encontrei pela primeira vez.

— Ah! no mesmo dia?...

— Acabava de desembarcar.

— Mas naquela tarde, lembro-me... o senhor estava fumando. Se quer, pode acender o seu charuto; não me incomoda.

Recusei por delicadeza.

— Veio passear? Demora-se pouco naturalmente.

— Vim ver a corte; e depois talvez me resolva a ficar.

— De uma vez?

— Se achar meio de estabelecer-me. Sou pobre; preciso fazer uma carreira; e a corte oferece-me outros recursos, que não encontro em Pernambuco.

— Ah! é filho de Pernambuco?... Que bonita cidade que é o Recife! Como são lindos aqueles arrabaldes da Madalena, da Ponta do Uchoa e da Soledade!...

---

[1] A contradição é marcante. Lúcia vive isolada, o que prova sua condição de não ser "mulher de família"; porém sua figura é ambígua para o narrador: uma meretriz com gestos bastante puros.

— Já esteve no Recife! Em que época?
— Faz dois anos.
— Em 1853... Devo tê-la visto alguma vez! Nesse tempo era eu estudante e conhecia todas as moças bonitas da cidade.
— Então já vê que não me podia conhecer! Demais, estive apenas uma tarde. O vapor pouco se demorou.
— Donde vinha?
— Da Europa. Apenas desembarquei, meti-me num carro, e fui passear. Vinte dias embarcada! Sabe o que é isso? Tinha saudade das árvores e dos campos de minha terra, que eu não via há oito meses! Que passeios encantadores por aquelas quintas cobertas de mangueiras, que bordam as margens do rio! Havia uma, sobretudo na Soledade, que me encantou: era uma casinha muito alva que aparecia no fundo de uma rua de arvoredo sombrio; mas tudo tão gracioso, tão bem arranjado que parecia uma pintura. Duas senhoras, uma já de idade, que me pareceu a mãe, e outra ainda mocinha e muito bonita, passeavam pela quinta colhendo flores e frutas. Mandei parar o carro, e fiquei olhando com inveja para a casa e as duas senhoras, pensando na vida tranquila e sossegada que se devia viver naquele retiro.
— A senhora me faz saudades de minha terra. Lembrei-me de minha casa, e das tardes em que passeava assim por aqueles sítios com minha mãe e minha irmã.[1]
— O senhor tem mãe e irmã! Como deve ser feliz! — disse Lúcia com sentimento.
— Quem é que não tem uma irmã! — respondi-lhe sorrindo. — E minha mãe ainda é muito moça para que eu tivesse a desgraça de a haver perdido.
— Perdi a minha muito cedo e fiquei só no mundo; por isso invejo a felicidade daqueles que têm uma família. Há de ser tão bom a gente sentir-se amada sem interesse!

Depois de uma hora de conversa despedi-me, e voltei sem ter arriscado um gesto ou uma palavra duvidosa.
— Já vai? — disse Lúcia vendo-me tomar o chapéu.
— Não posso demorar-me mais tempo. Se a minha visita não lhe aborrece, voltarei outro dia.
— Deu-me tanto prazer! Até amanhã; sim?
E apertou-me a mão cordialmente.

Na rua achei-me tão ridículo com os meus vinte e cinco anos e os meus escrúpulos extravagantes, que estive para voltar. Como podia eu temer um engano, depois do que sabia dessa mulher?

Encontrei-me à tarde com Sá no Hotel da Europa, onde costumava jantar. Estava ainda muito viva a lembrança do que me sucedera naquela manhã para não aproveitar a ocasião de falar-lhe a respeito, tendo porém o cuidado de ocultar o papel que havia representado na pequena comédia.

---

[1] Os diálogos, nesse trecho do livro, passam a ser singelos e inocentes, como se travados com qualquer donzela da corte. Paulo é cerimonioso. Dirige-se à Lúcia chamando-a por "senhora", sem usar o pronome "tu" que lhe é habitual.

— Tens visto a Lúcia? — perguntei-lhe.
— Não; há muito tempo que não a encontro.
— Tu a conheces bem, Sá?
— Ora! Intimamente!
— Tens toda a certeza de que ela seja o que me disseste na Glória?
— E essa! Pois duvidas?... Vá à casa dela; já te apresentei.
— Supunha que fosse apenas uma dessas moças fáceis, a quem contudo é preciso fazer a corte por algum tempo.
— O tempo de abrir a carteira. Andas no mundo da lua, Paulo. Queres saber como se faz a corte à Lúcia?... Dando-lhe uma pulseira de brilhantes, ou abrindo-lhe um crédito no Wallerstein.
— Não é sem razão que te pergunto isto; encontrei-a há dias, e a sua conversa, os seus modos, pareceram-me tão sérios!
— Por que lhe falaste nesse tom? Naturalmente a trataste por senhora como da primeira vez; e lhe fizeste duas ou três barretadas. Essas borboletas são como as outras, Paulo; quando lhes dão asas, voam, e é bem difícil então apanhá-las. O verdadeiro, acredita-me, é deixá-las arrastarem-se pelo chão no estado de larvas. A Lúcia é a mais alegre companheira que pode haver para uma noite, ou mesmo alguns dias de extravagância.

Acabamos de jantar e não tocamos mais no assunto.
— Tens que fazer sábado depois do teatro? — perguntou-me Sá com um sorriso maligno.
— Nada, senão dormir.
— Pois vá cear comigo. Dormirás durante o dia. Asseguro-te que não perderás o teu tempo.
— Até sábado, então.

Essa conversa desgostou-me; porque me fez parecer ainda mais ridículo aos meus olhos.

Tinha uma vaga desconfiança, pelo tom do convite, de que Lúcia iria à casa do Sá; e protestei que antes disso me reabilitaria de minha estúrdia ingenuidade.

4

No dia seguinte à mesma hora voltei à casa de Lúcia; achei-a ao piano.
— O que estava tocando?
— Nem sei!... Uma valsa que aprendi de ouvido.
— Continue!
— Não sei tocar, não! Estava brincando; não tinha que fazer. Como passou de ontem?
— Bem, obrigado. Já vê que a minha segunda visita não se demorou muito.
— Ainda assim não compensa a demora da primeira.
— Sentiu essa demora?... Qual! ontem nem me conheceu.
— Tanto como na Glória. Ainda que se tivessem passado anos, creio que em qualquer parte onde me encontrasse com o senhor, o reconheceria.

— Por que motivo então fingiu ontem não se lembrar de mim, logo que entrei?
— Por quê?... Queria ver uma coisa.
— E não se pode saber o que era?
— Não é preciso.
— Há de me dizer!...
E tomei-lhe as mãos que estavam frias e trêmulas.
— Pois bem, eu lhe digo. Queria ver se ainda se lembrava do nosso primeiro encontro — respondeu ela, furtando o corpo ao meu abraço.
— Duvidava?... Não tinha razão; talvez fosse eu o que melhor guardasse essa lembrança.

Lúcia abanou a cabeça lentamente:
— Que vestido levava eu naquela tarde? — perguntou sorrindo.

A pergunta embaraçou-me. Quando admiro uma mulher bonita, a impressão que ela produz em mim não me deixa ver mais que a sua beleza.
— Nem se recorda!
— É um defeito meu. Não reparo na *toilette* das moças bonitas pela mesma razão por que não se repara na moldura de um belo quadro.
— Que desculpa!... E eu por que reparei no seu traje, na cor de sua sobrecasaca, em tudo; até na sua bengala? Não é essa; a outra era mais bonita; tinha o castão de marfim. Está vendo que me lembro perfeitamente, e entretanto não tenho esses objetos diante dos olhos![1]
— Ah! É este o vestido?
— O vestido, as joias, o penteado, o leque, aquele que o senhor apanhou. Nem desse se lembrava! Só falta o chapéu! Quer vê-lo?

Lúcia saiu um instante e voltou. Ou porque a minha memória se avivasse, ou porque a ausência desse gentil chapéu, que parecia fugir-lhe da cabeça, tão de leve a cingia, mutilasse a graciosa imagem que eu vira na tarde de minha chegada; o fato é que a aparição já desvanecida surgira de repente aos meus olhos.
— Agora lembro-me! Estou vendo-a como a vi da primeira vez!
— Como daquela vez não me verá mais nunca.
— O que lhe falta?
— Falta o que o senhor pensava e não tornará a pensar! — disse ela com a voz pungida por dor íntima!

Não compreendi então aquelas palavras, nem o tom com que foram proferidas; procurei-lhes o sentido, acompanhando com os olhos a Lúcia que tirava lentamente o chapéu, e fitava na sua imagem refletida pelo espelho um triste olhar.
— Ah! já sei! O que eu pensava?... Mas ainda penso: acho-a hoje tão bonita ou mais do que naquela tarde.

---

1 Lúcia ainda se lembra de detalhes do vestuário de Paulo e do seu, no dia do primeiro encontro. Se ela fosse realmente cínica, não teria tanto interesse romântico pelo rapaz.

— Não é isso!
— O que é então? Venha dizer-me.

Passei-lhe o braço pela cintura e apertei-a ao peito; eu estava sentado, ela em pé; meus lábios encontraram naturalmente o seu colo e se embeberam sequiosos na covinha que formavam nascendo os dois seios modestamente ocultos pela cambraia. Com o meu primeiro movimento, Lúcia cobriu-se de ardente rubor; e deixou-se ir sem a menor resistência, com um modo de tímida resignação.

Quando porém os meus lábios se colaram na tez de cetim e meu peito estreitou as formas encantadoras que debuxavam a seda, pareceu-me que o sangue lhe refluía ao coração. As palpitações eram bruscas e precípites. Estava lívida e mais branca do que o alvo colarinho do seu roupão. Duas lágrimas em fio, duas lágrimas longas e sentidas, como dizem que chora a corça expirando, pareciam cristalizadas sobre a face, de tão lentas que rolavam.[1]

É o coração, quando fortemente confrangido por violenta emoção, que espreme esse soro do sangue que gela e coalha.

Pungiu-me aquela aflição.

Retirei vivamente o braço; enquanto Lúcia sentava-se trêmula, afastei-me revoltado contra mim, e ao mesmo tempo indignado contra essa mulher que zombava da minha credulidade, e contra Sá que me iludira. Não sabia o que pensar; para fugir a uma posição que me incomodava horrivelmente, fui debruçar-me na janela.

Um instante depois ouvi sua voz doce e carinhosa:

— Não se agaste comigo!

Voltei-me; ela sorriu a dois passos de mim, e com uma expressão suplicante, como de quem pedisse perdão.

— Acabemos com isso, Lúcia. Sabes o que me traz à tua casa: se te desagrado por qualquer motivo, dize francamente, que eu tomo o meu chapéu e não te aborrecerei mais. Se pensas que valho tanto como os outros, não percas o tempo a fingir o que não és. Essa comédia de amor pode divertir os mocinhos de dezoito anos e os velhos de cinquenta; mas afianço-te que não lhe acho a menor graça.

— Não seja tão injusto! Em que lhe pareço fingida? Já me perguntou alguma coisa que eu lhe negasse? Já me recusei a um pedido seu?

— Entretanto te ofendeste com uma simples carícia!

— Não me ofendi; e a prova é que não dei sinal de desagrado, nem conservo o menor ressentimento. Não me conhece!... Sei o que valho, e não sou capaz de iludir a ninguém, muito menos ao senhor.

— Mas, há pouco, o que significavam essas lágrimas?

— Ah! não repare! Sofro do coração; às vezes sobe-me o sangue à cabeça, fico muito pálida, e sinto uma dor aguda que me arranca lágrimas dos olhos!... Não é nada; passa-me logo. Já passou! — concluiu com um sorriso dorido.

---

1 O sensual transforma-se em rubor; o que deveria ser paixão passa a ser dor. É possível supor que Lúcia esperava carinho e sentimento e percebe que desperta apenas desejo sexual.

— É diferente; desculpa. Incomodava-me essa ideia de pensares que estava disposto a fazer-te a corte. Seria soberanamente ridículo para nós ambos.
— Decerto!

Lúcia acompanhou estas duas palavras[1] com um riso estridente e um olhar que ainda vejo brilhar nas sombras de minhas recordações: olhar vivo e cintilante, que luziu como as chispas do brilhante ferido pela réstia da luz, e veio bater-me em cheio na face, cobrindo-me com o mais agro desprezo que pode estilar um coração de mulher.

Dirigiu-se a uma porta lateral, e fazendo correr com um movimento brusco a cortina de seda, desvendou de relance uma alcova elegante e primorosamente ornada. Então voltou-se para mim com o riso nos lábios, e de um gesto faceiro da mão convidou-me a entrar.

A luz, que golfava em cascatas pelas janelas abertas sobre um terraço cercado de altos muros, enchia o aposento, dourando o lustro dos móveis de pau-cetim, ou realçando a alvura deslumbrante das cortinas e roupagens de um leito gracioso. Não se respiravam nessas aras sagradas à volúpia outros perfumes senão o aroma que exalavam as flores naturais dos vasos de porcelana colocados sobre o mármore dos consolos, e as ondas de suave fragrância que deixava na sua passagem a deusa do templo.

Lúcia não disse mais palavra; parou no meio do aposento, defronte de mim.

Era outra mulher.

O rosto cândido e diáfano, que tanto me impressionou à doce claridade da lua, se transformara completamente: tinha agora uns toques ardentes e um fulgor estranho que o iluminava. Os lábios finos e delicados pareciam túmidos dos desejos que incubavam. Havia um abismo de sensualidade nas asas transparentes das narinas que tremiam com o anélito do respiro curto e sibilante, e também nos fogos surdos que incendiavam a pupila negra.[2]

À suave fluidez do gesto meigo sucedeu a veemência e a energia dos movimentos. O talhe perdera a ligeira flexão que de ordinário o curvava, como uma haste delicada ao sopro das auras; e agora arqueava enfunando a rija carnação de um colo soberbo, e traindo as ondulações felinas num espreguiçamento voluptuoso. Às vezes um tremor espasmódico percorria-lhe todo o corpo, e as espáduas se conchegavam como se um frio de gelo a invadira de súbito; mas breve sucedia a reação, e o sangue, abrasando-lhe as veias, dava à branca epiderme reflexos de nácar e às formas uma exuberância de seiva e de vida, que realçavam a radiante beleza.

Era uma transfiguração completa.

Enquanto a admirava, a sua mão ágil e sôfrega desfazia ou antes despedaçava os frágeis laços que prendiam-lhe as vestes. À mais leve resistência dobrava-se sobre si mesma como uma cobra, e os dentes de pérola talhavam mais rápidos do que a tesoura o

---

[1] Antigamente se grafava em duas palavras: "de certo".
[2] Observe que Lúcia, de típica musa romântica, com "doce claridade da lua", possui agora "toques ardentes", fogo e fulgor. Sua metamorfose colorida é recurso típico do estilo romântico.

cadarço de seda que lhe opunha obstáculos. Até que o penteador de veludo voou pelos ares, as tranças luxuriosas dos cabelos negros rolaram pelos ombros arrufando ao contato da pele melindrosa, uma nuvem de rendas e cambraias abateu-se a seus pés, e eu vi aparecer aos meus olhos pasmos, nadando em ondas de luz, no esplendor de sua completa nudez, a mais formosa bacante que esmagara outrora com o pé lascivo as uvas de Corinto.

Saí alucinado!

Fora delírio, convulsão de prazer tão viva que, através do imenso deleite, traspassava-me uma sensação dolorosa, como se eu me revolvera no meio de um sono opiado, sobre um leito de espinhos. É que as carícias de Lúcia vinham impregnadas de uma irritabilidade que cauterizava.

Há mulheres gastas, máquinas do prazer que vendem, autômatos só movidos por molas de ouro. Mas Lúcia sentia; sentia sim com tal acrimônia e desespero, que o prazer a estorcia em câimbras pungentes. Seu olhar queimava; e às vezes parecia que ela ia estrangular-me nos seus braços, ou asfixiar-me com seus beijos.[1]

De repente surgiu lívida, e estendeu-me a mão aberta. Ouvi uma palavra soluçada, voz opressa, que não entendi, mas adivinhei.

Imagine qual revolução houve em mim; e a profunda indignação com que me precipitei sobre minha carteira para atirá-la à face dessa mulher. Mas ela reteve-me com a força sobre-humana que lhe davam as contrações nervosas.

— Estava gracejando! Não é assim que me queria?

E soltou uma gargalhada.

Debalde pedi uma explicação. Ao delírio sucedera prostração absoluta, orgasmo da constituição violentamente abalada. Vendo então esse corpo inerte e pasmo, com os olhos vítreos e as mãos crispadas, tive dó e como um pressentimento de que a vida a abandonaria breve.

Quando lho dei a perceber, ela respondeu-me:

— Que importa? Contanto que tenha gozado de minha mocidade! De que serve a velhice às mulheres como eu?

Ao retirar-me ia segunda vez levar a mão à carteira, quando o olhar de Lúcia correu-me de vergonha. Entretanto ela, abatida ainda, porém calma, apertava-me a mão por despedida. Que magia tinham aqueles olhos fúlgidos, quando um sentimento forte lhes toldava a doce serenidade!

Conto-lhe esses fatos, como se escrevesse no dia em que eles sucederam, ignorando o seu futuro; entretanto, talvez que, apesar disso, compreenda as palavras equívocas e as causas ocultas que naquela ocasião resistiram à minha perspicácia.

---

1 A movimentação frenética de Lúcia supera o sensual para ganhar contornos de loucura. Seus gestos atraem e repugnam Paulo. O modelo feminino familiar, no século XIX, valorizava a mulher estática, pálida, imóvel. Esse retrato nu e pulsante de Lúcia, lhe dá contornos demoníacos, excepcionais.

Mas a senhora lê e eu vivia; no livro da vida não se volta, quando se quer, a página já lida, para melhor entendê-la; nem pode-se fazer a pausa necessária à reflexão.[1] Os acontecimentos nos tomam e nos arrebatam às vezes tão rapidamente que nem deixam volver um olhar ao caminho percorrido.

Assim o meu espírito preocupou-se um momento com a singularidade daquela cortesã, que ora levava a impudência até o cinismo, ora esquecia-se do seu papel no simples e modesto recato de uma senhora; porém vieram logo outros pensamentos distrair-me.

5

As grandes sensações de dor ou de prazer pesam tanto sobre o homem, que o esmagam no primeiro momento e paralisam as forças vitais. É depois que passa esse entorpecimento das faculdades, que o espírito, insigne químico, decompõe a miríada de sensações, e vai sugando a gota de fel ou de essência que ainda estila dos favos apenas libados.

Foi o que me sucedeu; e não sei se no dia seguinte trocaria a voluptuosidade lenta e infinita de minhas recordações ainda recentes por outra hora da febre ardente que na véspera me prostrara nos braços de Lúcia. Mas então não me lembrava que, vendo-a, todos os meus desejos, que eu supunha extenuados, iam acordar de novo, tigres famintos da presa em que uma vez se tinham cevado.

Estava no teatro lírico, onde o acaso me colocara junto de um moço com quem havia feito conhecimento na sociedade e cujo nome não me acode agora. Em falta de outro, lhe darei o de Cunha.

Esperando que se levantasse o pano, corríamos ambos com o binóculo as ordens de camarotes, que se começavam a encher. É um regalo semelhante ao do gastrônomo, que antes de sentar-se à mesa belisca as iguarias que vão se ostentando aos olhos gulosos.[2] A comparação me agrada; porque realmente nunca sentia essa gula de olhar que devora com uma fome canina, como quando contemplava uma multidão de mulheres bonitas. Cada uma delas me emprestava uma forma sedutora, um encanto, um contorno para a estátua ideal que a imaginação moldava, aperfeiçoando a capricho.

À medida que fazíamos alguma descoberta astronômica, ou na região dos planetas de primeira e segunda ordem, ou entre as nebulosas da última esfera, comunicávamos ao companheiro, que imediatamente assestava o telescópio. Começavam então as competentes observações sobre o astro. Já tínhamos examinado algumas constelações ou grupos de estrelas brilhantes e dois ou três planetas superiores, discorrendo Cunha sobre a sua órbita, os seus satélites e o ponto da elíptica em que se achavam. Tínhamos

---

1 Paulo compara sua vivência angustiada dos fatos com a condição privilegiada da "senhora", sua leitora, que pode refletir e "reler" os acontecimentos.
2 Alencar faz uma comparação entre o gastrônomo e o homem que contempla as mulheres. O paladar e o sexo têm pontos em comum, necessitam da mesma saciedade.

lobrigado no fundo de um camarote a cauda luminosa de um cometa; finalmente estudávamos um aerólito ou estrela cadente, conjeturando sobre as causas prováveis do fenômeno atmosférico-financeiro.

— Aí está a Lúcia — disse Cunha. — Na segunda ordem, quarto camarote depois de *Vésper*.

Assim havíamos batizado um planeta que se recolhia infalivelmente entre nove e dez horas da noite.

Esqueci-me dizer que a ópera começara; as nossas observações podiam fazer-se então em céu desnublado. Vi Lúcia sentada na frente do seu camarote, vestida com certa galantaria, mas sem a profusão de adornos e a exuberância de luxo que ostentam de ordinário as cortesãs, ou porque acreditem que a sua beleza, como as caixinhas de amêndoas, cota-se pelo invólucro dourado, ou porque no seu orgulho de anjos decaídos desejem esmagar a casta simplicidade da mulher honesta, quantas vezes defraudada nessa prodigalidade.

Não me posso agora recordar das minúcias do traje de Lúcia naquela noite. O que ainda vejo neste momento, se fecho os olhos, são as nuvens brancas e nítidas, que se frocavam graciosamente, aflando com o lento movimento de seu leque; o mesmo leque de penas que eu apanhara, e que de longe parecia uma grande borboleta rubra pairando no cálice das magnólias. O rosto suave e harmonioso, o colo e as espáduas nuas, nadavam como cisnes naquele mar de leite, que ondeava sobre formas divinas.

A expressão angélica de sua fisionomia naquele instante, a atitude modesta e quase tímida, e a singeleza das vestes níveas e transparentes, davam-lhe frescor e viço de infância, que devia influir pensamentos calmos, senão puros. Entretanto o meu olhar ávido e acerado rasgava os véus ligeiros e desnudava as formas deliciosas que ainda sentia latejar sob meus lábios.[1] As sensações amortecidas se encarnavam de novo e pulsavam com uma veemência extraordinária. Eu sofria a atração irresistível do gozo fruído, que provoca o desejo até a consunção; e conheci que essa mulher ia se tornar uma necessidade, embora momentânea, da minha vida.

— É uma bonita mulher! — disse ao meu vizinho, com um ar de indiferença para disfarçar a minha emoção.

— A mais bonita mulher do Rio de Janeiro e também a mais caprichosa e excêntrica. Ninguém a compreende.

— Conheço-a apenas de vista; porém disseram-me que é uma boa moça, muito amável...

— Oh! Posso falar a esse respeito. Fui seu amante quatro meses.

— E por que a deixou? Aborreceu-se?

— Não a deixei. É seu costume; um belo dia, sem causa, sem o mínimo pretexto, declara a um homem que as suas relações estão acabadas; e não há que fazer. Podem

---

1 Lúcia tem beleza "angélica", no camarote. Paulo, porém, a "desnuda" com seu olhar, capta sua essência sensual, vivida por ele na véspera.

oferecer-lhe somas loucas, é tempo perdido. Também no dia seguinte, ou no mesmo, daí a uma hora, toma outro amante que não conhece, que nunca viu.

— Todas são assim, com pouca diferença; ninguém sabe qual é o fio que faz dançar essas bonecas de papelão.

— Nem tanto. Há mulheres que, ou por interesse, ou por amizade, ou mesmo por hábito, se inquietam com a ideia de que seu amante as abandone; mas para esta é absolutamente indiferente. Tem dias em que está de um humor insuportável: fica uma estátua, e não há forças humanas que possam arrancar daquela massa inerte um sorriso, uma palavra, um movimento. Se o homem não possui grande dose de paciência para sofrê-la calado, ela fecha-lhe a porta muito delicadamente, e manda-lhe dizer pela criada: "Que tenha a bondade de deixá-la tranquila para todo o sempre". E uma vez dito, não volta.

— Para quem tem direitos adquiridos, parece-me um tanto forte!

— É o seu engano — continuou o Cunha que estava de veia —. A Lúcia não admite que ninguém adquira direitos sobre ela. Façam-lhe as propostas mais brilhantes: sua casa é sua e somente sua; ela o recebe, sempre como hóspede; como dono, nunca. Na ocasião em que o senhor a toma por amante, ela previne-o de que reserva-se plena liberdade de fazer o que quiser e de deixá-lo quando lhe aprouver, sem explicações e sem pretextos, o que sucede invariavelmente antes de seis meses; está entendido que lhe concede o mesmo direito.[1]

— Ao menos há reciprocidade!

— Não lhe pede nada, nem sequer doces em tempo de festa, ou sorvetes quando está no teatro. Nunca a vi bordar em malhas transparentes um desses desejos disfarçados com que as mulheres iscam à generosidade de seus apaixonados. Se indagam do seu gosto a respeito de algum objeto que lhe destinam, desconversa e não responde; aceita friamente o que lhe dão, e nada mais. Ora, com uma mulher dessa natureza, que não oferece a mínima ocasião de prestar-lhe um serviço e ganhar-lhe a amizade ou a gratidão, é possível ter direitos adquiridos?

— Há de sofrer com isso!... Tenho-a visto duas ou três vezes e sempre vestida simplesmente. Não traz um brilhante; entretanto que outras, que não a valem, andam cobertas. Repare!...

— Qual! Não é essa a razão! Nunca lhe faltam amantes; sei de grandes fortunas no Rio de Janeiro que se dariam por felizes se ela se decidisse a arruiná-las. E para não ir muito longe, embora não seja rico, caso ela ainda quisesse...

— Ah! Então as suas relações estão cortadas?

— Inteiramente; e de uma maneira célebre. Vou-lhe contar. Passeávamos numa noite de luar claro como dia; vendo minha mulher na janela, escondi-me involuntariamente no fundo do carro com receio de que me reconhecesse. Era inútil, porque estava distraída olhando para o mar. Entretanto Lúcia, por maldade, mandou ao cocheiro que

---

[1] Cunha faz um retrato singular de Lúcia, cuja independência e orgulho, ao recusar ou aceitar presentes, sem se deixar prender ou dominar, a tornam personagem de exceção.

parasse, saltou do carro, e esteve muito tempo, em pé, na grade, voltada para minha casa. Eu não sabia o que fizesse, compreende bem; não queria mostrar-me, e tinha medo de um escândalo. Felizmente ela foi caminhando, e a alguma distância mandou parar um tílburi que passava; o carro a tinha acompanhado; chegou-se à portinhola e disse-me: "Não gosto de gente que se esconde, meu senhor. Vá olhar para o mar ao lado de sua mulher; é mais inocente e mais poético. De amanhã em diante não nos conhecemos". Debalde quis impedi-la, meteu-se no tílburi; e o cocheiro, que tinha um excelente animal, logrou-me: foi-me impossível segui-los. Voltei nessa mesma noite e nos dias seguintes à sua casa, e achei sempre a porta fechada para mim; até que me recebeu para dizer-me com toda a macieza e doçura, que eu supunha ter comprado a chave de sua casa, e por isso ia-me restituir o preço de uma venda que ficara sem efeito. Saí para não voltar mais!

— Arrufos! Se não a procurasse, ela o mandaria chamar no outro dia. É sempre a sombra do provérbio chinês: segue quem a foge.

— São águas passadas. Estávamos falando da simplicidade de seu trajar. A razão é outra; é pura avareza.

— Como! Não disse que ela não se deixava levar pelo interesse? Não compreendo. Uma mulher que rejeita ofertas brilhantes e leva o seu escrúpulo a nunca pedir, nem mesmo uma coisa insignificante... Essa mulher não pode ser avarenta! O senhor conserva algum ressentimento — disse eu sorrindo.

— Ora! — replicou ele encolhendo os ombros. — Não faltam bonitas mulheres. Mas esse desinteresse de Lúcia é um cálculo, e um cálculo muito fino. Uma mulher que pede, marca o preço de sua gratidão ou do seu amor; a mulher que não pede é um abismo que nunca se enche! Tenho experiência dessas coisas.

— Em todo o caso, ainda que ela fosse de uma mesquinhez sórdida, as joias não se gastam com o uso.

— Se ela as vende!

— Não é possível!

— Também eu duvidei por muito tempo, mas tive a prova. Há aqui um Sr. Jacinto que fez sociedade com ela; tudo que lhe dão, até roupas, é imediatamente reduzido a dinheiro. Lúcia deve ter por aí em casa do Gomes ou do Souto seus trinta a quarenta contos.

— Guarda para a velhice, se lá chegar.

A tecla que vibrara em nosso espírito ressoava tão melodiosamente, que o pano descera sobre o primeiro ato do *Hernani*[1], sem darmos por isso. O Cunha me parecia conservar vivas saudades de suas relações com essa moça, que ainda o interessava apesar de tudo. Quanto a mim, todas as excentricidades e defeitos que atribuíam a Lúcia, ao passo que a faziam descer na minha estima, davam-lhe um sainete de originalidade e um picante sabor que me excitava. O vício também tem sua beleza e sua atração, como a

---

1 Drama romântico do escritor francês Victor Hugo (1802-1885). A primeira apresentação dessa peça ocorreu em 1830, provocando polêmica, pois não seguia a orientação do Classicismo.

virtude; a diferença é que no âmago do fruto os lábios encontram terra e cinza em vez de polpa deliciosa.

Há de ter reparado em que me desse por desconhecido de Lúcia; é hábito meu, desde que entrei no mundo, não admitir os estranhos à intimidade de minha vida, ainda mesmo quando se trata de objetos sem consequência. Só dispo a minha alma entre amigos.

Como já lhe disse, suspeitava que Lúcia devia assistir à ceia, para a qual Sá me convidara, na quinta-feira, jantando no Hotel da Europa. Naquela ocasião quis ter a certeza; e creia que subindo as escadas da segunda ordem desejava ter-me enganado.

Preciso dizer-lhe a razão?

Ela não estava só: uma multidão de adoradores invadira a porta de seu camarote. Cortejei-a e passei, esperando a ocasião em que lhe pudesse falar. Tudo quanto achei para mandar levar-lhe foi sorvetes, doces, algumas flores de baile que vendiam à porta, e o libreto da ópera. As mulheres, a senhora o sabe por experiência, agradecem mais essas pequenas atenções de que a cercam, do que os verdadeiros sacrifícios; e eu tinha resolvido fazer a conquista de Lúcia por oito ou quinze dias.

Estive com ela no intervalo seguinte.

— Não tinha nem uma moça bonita do seu conhecimento a quem dar essas flores tão lindas? — disse apertando-me a mão e mostrando dois cactos que se estrelavam, um no seio e outro entre os seus cabelos.

— Sabes quem as mandou?

— Adivinhei pelo cheiro. É tão suave!...

— Ficam-te muito bem; parecem ter nascido aí entre as rendas e os cabelos.

— Hei de enfeitar-me sempre assim.

— E com as flores que eu te mandarei todas as manhãs.

— Disse isso à toa. Não tenho paciência, nem gosto para essas coisas! Agora foi uma lembrança e já me está aborrecendo — replicou, batendo com a ponta dos dedos afilados nas pétalas da flor.

Notei no tom de Lúcia durante o resto dessa conversa uma diferença extraordinária com o modo singelo e modesto que ela tinha em sua casa; agora era a frase ríspida, incisiva e levemente embebida na ironia que destilava de seus lábios, e cujas gotas a maior parte das vezes salpicavam a ela própria. A cortesã revelava-se a mim sem rebuços, depois que deixara cair na falda do leito o seu último véu. Não sei se estimei ou senti essa brusca transição; a franqueza me punha mais à vontade, é certo, porém desvanecia uma doce ilusão, que, por mais transparente que seja, nubla o espírito crédulo, quando procura no fundo do prazer um átomo sequer de amor.[1]

Perguntei-lhe afinal se me permitia acompanhá-la depois do teatro.

— Esta noite não me pertence!...

— Não vais para casa?

— Não.

---

1 Repare na diferença de comportamento da Lúcia em sociedade e na intimidade do lar.

— Já sei! Estás convidada para uma ceia...
— Quem lhe disse?
— Em casa do Sá.
— Ah! Não me lembrava que ele é seu amigo! E o senhor, também vai?...
— Para ter o prazer de tua companhia.
— Ainda não estou inteiramente resolvida! — murmurou com lentidão, e atalhou logo com certo estouvamento —, porém não, vou! Por que deixaria de ir? Havemos de divertir-nos muito: o Sá tem gosto.

Acendeu-se nos seus olhos o fogo que já uma vez me tinha queimado as faces; só mais tarde devia ter a explicação desse olhar.

Quando tomei o meu lugar nas cadeiras, Lúcia tinha desaparecido.

6

Sá habitava, num dos arrabaldes da corte, uma chácara, que caprichara em preparar.

Com trinta anos de idade, um caráter fleumático e uma imaginação ardente, o meu amigo tinha errado a sua vocação; a natureza o destinara para milionário, tal era o seu desprezo pelo dinheiro quando se tratava de realizar um de seus mil sonhos dourados. Gozando do conforto e mesmo da elegância que lhe permitia uma folgada abastança, as flores que ia colhendo pelo caminho estavam longe de satisfazer-lhe as fantasias orientais[1]; por isso impunha a si mesmo o sacrifício de acumular algumas pequenas reservas, fruto das economias de muitos dias, para consumi-las em poucas horas, com um desapego selvagem.

A alma obcecada pelo trabalho, irritada pelas migalhas de prazer que babujava aqui e ali, tinha de tempos a tempos necessidade de um banho russiano. Nesses dias Sá dava férias às ocupações graves, convidava alguns amigos, e oferecia à imaginação um pasto régio. Era o reinado efêmero da devassidão, naquela existência alegre, mas calma de ordinário.

A sua casa de moço solteiro estava para isso admiravelmente situada entre jardins, no centro de uma chácara ensombrada por casuarinas e laranjeiras. Se algum eco indiscreto dos estouros báquicos ou das canções eróticas escapava pelas frestas das persianas verdes, confundia-se com o farfalhar do vento na espessa folhagem; e não ia perturbar, nem o plácido sono dos vizinhos, nem os castos pensamentos de alguma virgem que por ali velasse a horas mortas.

Cheguei por volta de meia-noite.

Já estavam reunidos os convidados: Lúcia, três belas mulheres que eu conhecia de vista, e um senhor de cabelos e barbas brancas, vestido com esmero extremo, mas com alguma excentricidade inglesa; um desses velhos ainda verdes que se esforçam em reconstruir sobre os últimos rescaldos de fogos extintos, com o auxílio de um empertigamento cômico, uma atividade elástica e um fátuo repertório de anedotas

---

1 Essas "fantasias orientais" que Sá ostenta caracterizam uma personagem comum nessa época, o homem que vive da aparência, para quem "ter" é mais importante do que "ser".

galantes, a mocidade fictícia que só a eles próprios ilude. Sá mo apresentou com estas palavras:
— O Sr. Couto, capitalista.
O sexto convidado era um moço de dezessete anos, o Sr. Rochinha, que trazia impressa na tez amarrotada, nas profundas olheiras e na aridez dos lábios, a velhice prematura. Libertino precoce, curvado pela consunção, tinha o orgulho do vício, que estampara nas faces, receando talvez que o insultassem pondo em dúvida os seus brasões de nobreza, conquistados com o copo em punho nalguma tasca imunda. Se fosse pobre, o Sr. Rochinha teria fumaças de poeta byroniano[1]; mas ainda era rico da herança que esbanjava, e portanto não passava de um *moço gasto*!

Sá tinha jeito para escolher os seus convidados. O contraste do vício que apresentavam aqueles dois indivíduos: o velho galanteador, fazendo-se criança com receio de que o supusessem caduco; e o moço devasso, esforçando-se por parecer decrépito, para que não o tratassem de menino; essa antítese viva devia oferecer ao observador cenas grotescas. O que eu vi entrando era uma pequena amostra.

O Sr. Couto, fresco e repolhudo, bamboleando-se na cadeira, fazia sortes que as mulheres aplaudiam, e consumia o terceiro copo de água gelada, para abrandar o fogo interno. O Sr. Rochinha, derreado pelo sofá, erguia às vezes a cabeça pesada de sono e torpor para absorver um cálice de conhaque da garrafa que tinha ao lado.

Sá, que se embalançava numa cadeira de palha, saboreando o antegosto das delícias gatronômicas, ergueu-se para receber-me:
— Só esperávamos por ti. Onde te meteste no teatro, que não te vi?
— Estive do lado oposto...
— Cuidei que nos encontrássemos na saída. É meia-noite; vamos cear.
Ao som do tímpano apareceu um criado, que recebeu ordem de servir.
A reunião nada tinha ainda que assustasse os bons costumes. À exceção de alguns gracejos dúbios de galantaria enrugada do Sr. Couto, conversava-se alegremente como no mais aristocrático salão. Havia mesmo um ligeiro tom de cerimônia, que, se não era bastante para acanhar, tirava contudo ao diálogo o colorido vivo e animado que lhe dá a palavra solta.

Entretanto, se a senhora não conhece as odes de Horácio[2] e os Amores de Ovídio[3], se nunca leu a descrição da festa de Baco[4] e não tem notícia dos mistérios de Adônis[5] ou do rito afrodísio das virgens de Pafos[6], que em comemoração do nascimento da deusa iam certos dias do ano banhar-se na espuma do mar e oferecer as primícias do seu amor a

---
1 Referência a George Gordon Noel Byron (1788-1824), poeta inglês, que deixou fama de jovem devasso e aventureiro, transformando-se em ídolo de poetas de vários países, inclusive do Brasil. Pela descrição, Rochinha personifica um tipo comum na sociedade do século XX.
2 Poeta latino, Horácio (65-8 a.C.) celebrou o amor em seus versos.
3 Também latino, o poeta Ovídio (43 a.C.–18 d.C.), como Horácio, fez do amor o seu principal tema.
4 Deus do vinho e da fecundidade, na mitologia romana.
5 Deus fenício representado por um jovem de grande beleza.
6 Localizada na Ilha de Chipre, Pafos era uma cidade famosa por seu templo consagrado a Afrodite, deusa grega do amor.

quem mais cedo as cobiçava; se ignora tudo isso, rasgue estas folhas, ou antes queime-as, para que sua neta, achando as tiras que ficarem sobre a mesa, não se lembre de fazer delas papelotes.

Se ao contrário apreciou esses trechos admiráveis da literatura clássica, pode continuar a ler, pois não achará imagem, nem palavra que revolte o bom gosto: sensitiva delicada dos espíritos cultos.[1]

Anunciada a ceia, atravessamos o jardim para ir à sala do serviço.

Não posso deixar de fazer-lhe uma breve descrição dessa parte da casa, que ocupava a ala direita do edifício, formando uma espécie de pavilhão. Era o palácio encantado do sibaritismo, que só de longe em longe e nas horas mortas da noite abria suas portas à chave de ouro para alguns adeptos de seu culto ou para algum profano que desejasse iniciar-se nos lúbricos mistérios.

Entremos, já que as portas se abrem de par em par, cerrando-se logo depois de nossa passagem. A sala não é grande, mas espaçosa; cobre as paredes um papel aveludado de sombrio escarlate, sobre o qual destacam entre espelhos duas ordens de quadros representando os mistérios de Lesbos[2]. Deve fazer ideia da energia e aparente vitalidade com que as linhas e colorido dos contornos se debuxavam no fundo rubro, ao trêmulo da claridade deslumbrante do gás.

A mesa oval, preparada para oito convivas, estava colocada no centro sobre um estrado, que tinha o espaço necessário para o serviço dos criados; o resto do soalho desaparecia sob um felpudo e macio tapete que acolchoava o rodapé e também os bordos do estrado. Os aparadores de mármore cobertos de flores, frutos e gelados, e os bufetes carregados de iguarias e vinhos, eram suspensos à parede. Não pousava o pé de um móvel na orla aveludada que cercava a mesa, e parecia abrir os braços ao homem ébrio de vinho ou de amor, convidando-o a espojar-se na macia alcatifa, como um jovem poldro nas cálidas areias da várzea natal.

Pela volta da abóbada de estuque que formava o teto, pelas almofadas interiores das portas, e na face de alguns móveis, havia tal profusão de espelhos, que multiplicava e reproduzia ao infinito, numa confusão fantástica, os menores objetos. As imagens, projetando-se ali em todos os sentidos, apresentavam-se por mil faces.

Não lhe falo da ceia, que nada tinha de especial. Suntuosa e delicada, como as sabem preparar aqui, sorria aos olhos e trescalava de aromas penetrantes e deliciosos, que iam prurir as fibras gástricas. Esse perfume sibárico e o aspecto brilhante das iguarias esquisitas, entre as irradiações do cristal e os reflexos áureos, rubros ou violáceos do madeira, do porto e do borgonha, é talvez o mais delicado acepipe que um anfitrião de gosto

---
[1] O moralismo de Alencar procura comparações clássicas de erotismo e sensualidade, de modo a convencer a "senhora", leitora, de que nada terá de vulgar ou de mau gosto; será uma cena forte, mas nunca deselegante.
[2] A Ilha de Lesbos, no Mar Egeu, era a terra natal de Safo (625-580 a.C.), célebre autora de poemas eróticos. A expressão *lésbica*, para designar homossexuais femininas, supostas habitantes dessa ilha, surgiu daí.

oferece aos seus hóspedes; porque nesse bocado homérico os olhos e o olfato servem com fartura ao paladar um pouco de tudo; um primor de todos os manjares que a capacidade do estômago não permite absorver.

Sentamo-nos dois a dois, porque só havia na sala quatro cadeiras. Não se espante; eram cadeiras medidas para dois corpos, espécies de pequenos sofás de palhinha, onde se estava mais do que comodamente. Essa singularidade era um símbolo da união, ou melhor, da comunhão, que o dono da casa queria que houvesse durante a ceia: não eram oito pessoas, mas quatro amigos que se divertiam em amável companhia. Acrescia que a longa separação das cadeiras, e a espessa cortina de flores, deixava a cada um plena liberdade: era ao mesmo tempo a solidão e a convivência.

Ao anunciar da ceia, Lúcia tomou-me o braço que ia oferecer-lhe. Sentamo-nos a um dos lados da mesa em face de Sá. O Sr. Couto, como de rigor, impava de gula e fatuidade, defronte da sonolência do Rochinha e à ilharga de uma linda espanholita, que o olhava à sorrelfa com um momo de petulante zombaria.

Depois da sopa, Sá ergueu o copo cheio de velho madeira e saudou os seus hóspedes:

— Estão feitos os cumprimentos, meus senhores: gozemos. É meia-noite — disse, mostrando a pêndula de alabastro. — Até uma hora come-se. Caso alguém reclame, prorroga-se o tempo.

— A não ser o Sr. Couto! — murmurou a companheira deste.

— Aprovado sem discussão — retrucou o velho. — Com os diabos, Nina! Comer é uma das boas coisas deste mundo; porém não é a melhor.

— Demais, a mesa aí fica; e ninguém erra a boca mesmo no escuro! — acudiu Laura rindo.

Creio que o Sr. Couto corou; em todo o caso remexeu-se, como se estivesse sobre alfinetes.

— Ora! Isso sucedeu uma vez; e foi para te meter febre.

— Não se trata dos sessenta anos do Sr. Couto...

— Quarenta e cinco, minha joia! E por fazer!...

— Passemos à ordem do dia! — exclamava uma francesa já abrasileirada[1], que tinha privado com um orador da câmara.

— Bem! — continuou Sá — a hora seguinte bebe-se. É bastante?

— É demais! Em menos tempo dou conta de uma cesta de champanha! — gritou Nina.

— Não admira! Uma burra[2] vale mais do que uma cesta; e tu eras capaz de esvaziá-la num minuto!

— Então, adotada a meia hora? — perguntou Sá, interrompendo o Couto.

— Para mim é indiferente — respondeu o Rochinha, acordando. — Já se foi o tempo em que me embriagava com essas limonadas de espuma e esses vinagres do Reno. Sou uma velha esponja, meu caro: fui curtido a *kirsch* e rum.

---

1 Era comum, na corte, a presença de prostitutas vindas da França. É por isso que a palavra "francesa" aparece como sinônimo de meretriz.
2 Sacola de dinheiro.

— Manda-se preparar para ti uma *gengibrada*.
— Que bicho é esse?
— É uma infusão de gengibre fervida em aguardente de trinta e seis graus, com uma garrafa de marasquino.
— Deliciosa bebida! — disse Lúcia. — Não leva também algumas gotas de chumbo derretido?
— Finalmente, meus senhores, às duas horas em ponto, imola-se a razão no fundo das garrafas.
— Bravo! — gritaram as mulheres em coro.
— Aceito por unanimidade!
— Posso imolar a minha desde já — gritou o Couto.
— Não admito! Requeiro que se respeitem as cãs...
— E a inocência dos criados.
— À vista das considerações devidas ao sexo, cedo!
— É melhor; mesmo porque seria difícil imolar o que não existe.
— Procedamos em regra. Às duas horas portanto para-se a pêndula. Abolição completa da razão, do tempo, da luz; e inauguração solene do reinado das trevas e da loucura. Até lá liberdade completa dentro dos limites da decência; tudo quanto possa alegrar, como o gracejo, a cantiga, o brinde ou o discurso, é permitido; salvo o direito ao respeitável público feminino e masculino de patear as sensaborias.
— Nota do taquígrafo. Numerosos apoiados; o orador é cumprimentado.

E o Couto para realizar o seu dito propôs a saúde de Sum, e acompanhou-a com um discurso recheado de disparates, interrompido a cada palavra pela algazarra dos estouros báquicos. Não tomei nem uma parte nesse primeiro tiroteio; Lúcia apenas dissera uma palavra. Ela estava visivelmente contrariada; por momentos caía em profunda distração, de que eu a tirava a custo; depois tomava-se de um estouvamento e sofreguidão que não era natural. Uma vez levantado o cálice, a contração muscular foi tão violenta que o cristal espedaçou-se entre as falanges delicadas. Tinha-se ferido, e para estancar o sangue, mergulhou o dedo no meu copo cheio de Sauterne: o áureo licor enrubesceu; e eu esgotei-o até a última gota num assomo de galanteio romântico.

Lúcia acompanhou o meu movimento com um olhar tão cheio do que olhava, como se eu lhe bebera a própria vida nessas gotas tintas de seu sangue.

— Se o bebesse todo!... — balbuciou.
— Tu morrias, Lúcia! — respondi sorrindo.
— Eu... viveria: e o resto seria pasto dos vermes, como foi pasto dos homens.[1]

Semelhante à mosca importuna que se afoga no vinho, a palavra lúgubre afogou-se no entusiasmo que começava a brilhar em todas as frontes.

---

1 Frase de sentido duplo, amargamente pesada para um momento que deveria ser sensual e agradável. Lúcia quer dizer que, se morresse, ela "viveria", livrando-se da carne e tornando-se "alma".

Lúcia apanhou no ar o primeiro dito que passava para fazê-lo ressaltar com uma das réplicas vivaces, titilantes de sarcasmo e ironia, que em certos momentos fervilhavam de seus lábios. Era impossível segui-la nesse brilhante rasto de seu espírito.

7

— Sr. Couto — dizia Sá — recomendo-lhe estas perdizes! Estão saturadas de tru-fas e castanhas.
— Obrigado; é muito forte para mim. Daqui a dez anos, não digo que não.
— Passa-me as perdizes! — exclamou o Rochinha, piscando os olhos com cer-ta malícia.
— Por favor, Sr. Couto — disse Lúcia rindo — empreste ao Sr. Rocha os seus cabelos brancos! Por esta noite ao menos...
— Oh! já não são poucos os que eu tenho.
— Mas não são bastantes, Rochinha — atalhou Sá. — Lúcia tem razão.
Esta continuou:
— Vou fazer uma proposta.
— Muito bem; atenção em ambas as colunas — gritou o velho Couto abrindo os braços.
— Proponho...
— A minha saúde?
— Um coro com acompanhamento de pratos?
— Não! não! Se continuam, subo à rampa!
— Silêncio!
— Proponho que esta noite o Sr. Couto seja tratado por Coutozinho, que é mais terno; e o Sr. Rochinha sem o embirrante diminutivo, que lhe dá uns ares de menino de colégio!...
Houve explosão de gritos e aplausos.
— Acrescenta — disse o Sá — que Nina chamará o Sr. Couto, *nho-nhô*, e Laura o Rochinha, *papai*.
— Não admito! O incesto é contra a moral — gritou Lúcia.
— Como trata-se de nomes, eu também proponho uma mudança — bocejou o Rochinha. Em lugar de Lúcia, diga-se *Lúcifer*[1].
— É velho! Não valia a pena acordar para isso. Quem não sabe que eu sou anjo de luz, que desci do céu ao inferno?
A guerrilha de facécias e ditos mais ou menos chistosos continuou tão viva, que renuncio à ideia de reproduzi-la.
Não pensava, quando comecei a escrever estas páginas que lhe destino, lutar com tamanhas dificuldades; uma coisa é sentir a impressão que se recebeu de certos acon-

---

[1] A associação de Lúcia a Lúcifer — anjo decaído que foi expulso do céu quando desafiou Deus e, por isso, foi reinar nas trevas — é constante em todo o livro.

tecimentos, outra comunicar e transmitir fielmente essa impressão. Para o conseguir, cumpre que nada se omita; e aí justamente está o meu embaraço, porque há episódios daquela noite, que eu desejava bem poder deixar nos refolhos de minha memória ou no fundo do meu tinteiro.

Se tivesse agora ao meu lado o Sr. Couto, estou certo que ele me aconselharia para as ocasiões difíceis uma reticência. Com efeito, a reticência não é a hipocrisia no livro, como a hipocrisia é a reticência na sociedade?

Sempre tive horror às reticências; nesta ocasião antes queria desistir do meu propósito, do que desdobrar aos seus olhos esse véu de pontinhos, manto espesso, que para os severos moralistas da época aplaca todos os escrúpulos, e que em minha opinião tem o mesmo efeito da máscara, o de aguçar a curiosidade.

Por isso quando em alguns livros moralíssimos vejo uma reticência, tremo! Se uma curiosidade ingênua de quinze ou dezesseis anos passar por ali, não verá abrir-se em cada um desses pontinhos o abismo do desconhecido?

A minha história é imoral; portanto não admite reticências; mas tenho um desvanecimento, pouco modesto, confesso. Caso a senhora cometesse a indiscrição de ler estas páginas a alguma menina inocente, talvez chegassem ao fim sem uma única pergunta. A borboleta esvoaça sem pousar entre as flores venenosas, por mais brilhantes que sejam; e procura o pólen no cálice da violeta e de outras plantas humildes e rasteiras. O espírito da moça é a borboleta; o seu instinto a castidade.[1]

Entretanto, se este manuscrito tivesse de sair à luz pública algum dia, e um editor escrupuloso quisesse dar ao pequeno livro passaporte para viajar das estantes empoeiradas aos toucadores perfumados e às elegantes banquinhas de costura, bastaria substituir certos trechos mais ousados por duas ordens de pontinhos.

A que se reduz por fim de contas a moral literária! Ao mesmo que a decência pública: a alguns *pontos* de mais ou de menos.

Lúcia fizera uma pausa na sua estrepitosa alegria, e caíra no costumado abatimento e distração. Eu a contemplava admirado do letargo que a tornava inteiramente estranha ao que ali se passava, quando ela voltou-se para mim com o seu sorriso de anjo decaído:

— Não lhe disse que nos havíamos de divertir muito?

— Contudo preferia estar só contigo. Todo o prazer de tão amável companhia, todo o brilho de teu espírito, que como o diamante faísca mais vivo quanto mais vivos são os raios da luz que o fere, nada disso faz esquecer a manhã de ontem!

— Ora! Há tanta mulher bonita! Qualquer dessas vale mais do que eu, acredite! Demais, quando tiver bebido alguns copos de clicot e sentir-se eletrizado, saberá o senhor de quem são os lábios que toca? Qual! É uma mulher! Uma presa em que ceva o apetite! Que importa o nome? Sabe porventura o nome das aves e dos animais que

---

[1] A preocupação moral do narrador justifica a ausência de reticências. É como se Alencar se prevenisse de críticas, defendendo a clareza daquilo que narra: quem conhece os vícios sabe como evitá-los.

lhe preparam esta ceia? Conhece-os?... Nem por isso as iguarias lhe parecem menos saborosas.[1]

Essas palavras, assim lidas friamente, nada são comparadas com a voz amarga e sibilante que as pronunciava. Soltavam-se de seus lábios, e caíam no meu espírito, tão impregnadas de ondas de sarcasmo, que deixavam passando uma impressão cáustica e dolorosa.

— Não fales assim, Lúcia. Podia responder-te com a tua mesma comparação. Estas gelatinas e massas delicadas sabem que paladar as tem de gozar? Nem por isso deixam de exalar os mesmos aromas e guardar igual sabor para o dono da casa, como para qualquer dos convidados.

— Ou para os criados a quem se atiram os sobejos da ceia?... Não cuide que me ofendo! Se o senhor não diz porque é delicado, pensa-o talvez!

— Mudemos de conversa. Esse tom de ironia me incomoda. Deste-me uma hora de prazer, que não esquecerei nunca. Não apagues o perfume dessa lembrança.

— Que mal faz? Comprará outras horas de igual prazer: custam-lhe tão pouco!

— Oh! não seria o mesmo, não!

— Já não teria o encanto da novidade?

— Não teria a doce ilusão que arrancarias do meu espírito.

— Mas o senhor não sabe então?... — perguntou erguendo os grandes olhos límpidos e fulgurantes.

— Sei tudo, mas não o quero saber; e menos de tua boca! Não sou para ti mais do que os outros; não te mereço nada; porém deixa-me a venda sobre os olhos, eu te peço! Sinto-me feliz com ela.

— O que não o impediria de ver-me com indiferença passar dos seus braços aos de qualquer desses homens, daquele velho por exemplo.

— Serias capaz de fazer isso, Lúcia?

— O que tenho eu feito toda a minha vida? Logo ou alguns dias depois... Questão de tempo!

— Não falas seriamente! É impossível!

— Aborreço o fingimento: não gosto de passar pelo que não sou. É tão ridícula essa comédia do amor, que representam os velhos e os meninos!

O escárnio da repetição de palavras que eu lhe dissera na véspera, esmagou-me.

— Estás tão calada agora, Lúcia! — exclamou o Couto.

— Paulo está naturalmente fazendo-lhe a corte! — replicou Sá rindo.

— E por isso Lúcifer desapareceu do horizonte!

— Lúcifer espera o reino das trevas! O Sr. Paulo fazendo-me a corte!... Seria soberanamente ridículo para nós ambos!

— É a segunda vez que repetes uma palavra dita por mim num momento de despeito! Se te ofendi, perdoa-me — murmurei à meia voz.

---

1 Dessa vez é Lúcia que compara o desejo ao alimento. Mas, se Paulo o fazia de maneira elegante e sedutora (veja página 31), agora ouve uma definição virulenta e pesada.

— Gostei da frase!

Estourava o champanha, fumegando nos cálices de cristal. Foi o sinal de um concerto infernal de saúdes, hurras e cantigas descabeladas, com o acompanhamento de uma orquestra de copos e pratos; no meio do rumor distinguia-se a voz de falsete do Couto, e a risada estridente de Lúcia, cujas volatas tinham o timbre metálico do canto da araponga entre os murmúrios da floresta. Apenas começaram as primeiras explosões produzidas pelos vapores do vinho aristocrático, os criados saíram batendo a porta do serviço, que fechou-se interiormente.

Estávamos sós; a pêndula marcava uma hora e quarenta minutos; pouco tardaria o momento solene que o dono da casa, novo Erasmo,[1] destinara para a inauguração da loucura.

— Meus senhores, confesso que a minha vaidade de anfitrião, amador das artes, está um tanto humilhada! Ainda não disseram uma palavra a respeito dos meus quadros!

— De quem é a culpa? A magnificência da ceia e a amabilidade do hóspede não consentiram que levantássemos os olhos.

— Mas são realmente soberbas estas pinturas!... — exclamou o Couto. — Que posições admiráveis!... Ressuscitariam um morto. Apenas noto a ausência absoluta do sexo feio.[2]

— Isso prova o bom gosto do pintor.

— E o mau gosto das filhas de Lesbos.

— Então acham essas mulheres admiráveis?

— Provocantes!

— Arrebatadoras!...

— E tu, Paulo, que dizes?

— Digo que vi ontem um quadro desse gênero, que eu não trocaria por todas as tuas pinturas! Era uma mulher; mas as formas palpitavam; a carne latejava sob os olhos que a devoravam; os lábios comiam de beijos a vítima que eles provocavam; e entre a cútis transparente corria o sangue, que se precipitava do coração espadanando em cascatas![3]

— Sublime! A descrição é digna do quadro... que eu não vi! — disse o Rochinha.

— Onde descobriste essa maravilha?

— É meu segredo.

---

[1] Referência a Erasmo de Rotterdam (1469-1536), autor de *O elogio da loucura*, obra em que a loucura, personificada, faz seu próprio elogio.
[2] Por *sexo feio* Couto quis se referir ao heterossexualismo, já que os quadros mostravam mulheres nuas a se acariciando, em poses eróticas.
[3] Repare em como é literário esse diálogo. Paulo descreve a nudez provocante de Lúcia, no dia anterior. Porém é Alencar que lhe dá estilo e recursos românticos como expressão de fala.

— Nem se pode saber o nome do artista, Sr. Silva[1]?
— Não o adivinharam ainda!
— Será Rafael[2]?
— É um Ticiano[3] póstumo!
— Ou algum gênio desconhecido?
— Enganaram-se: é um artista de todos os tempos e de todos os países; é o artista divino que fez as flores, as estrelas e as mulheres!
— Ah! nesse gênero de pintura tenho visto o melhor que é possível!
— Eu aposto — disse Lúcia — que o Sr. Silva, como os poetas, embelezou o seu quadro. Viu o que sentia; mas não o que era.
— Que importa! É outra ilusão minha que desejo guardar!
— Talvez não a guarde por muito tempo.
— Pois, meus senhores — continuou Sá — mostrando-lhes estas pinturas, preparei--lhes uma agradável surpresa. É nada menos que o original delas; não o original frio e calmo, mas um verdadeiro modelo, vivendo, palpitando, sorrindo, esculpindo em carne todas as paixões que deviam ferver no coração daquelas mulheres.
— Onde está ele?
— Lúcia vai mostrar-nos.
— Ah!...
— Magnífico!
— Que maçada! Esqueci o meu *pince-nez* — disse o Rochinha.
— Estás pronta, Lúcia?
Ela ergueu-se, circulando a mesa com o olhar ardente e fascinado.
— Tu não farás isso, Lúcia! — disse-lhe eu à meia voz.
Dobrando como uma palma flexível o seu talhe esbelto, atirou-me ao ouvido uma palavra, que vazou no meu cérebro e correu-me pela medula dos ossos, como gota de metal em fusão.
— É preciso pagar a conta da ceia!
Travei-lhe da mão:
— Eu te suplico.
O seu corpo oscilou; caiu inerte sobre a cadeira.
— Que é isso? — exclamou Sá. — Tens vergonha de Paulo? É a única pessoa demais que está hoje aqui.
— Ah! não é a primeira vez? — perguntei empalidecendo.
— Será a primeira vez que copiará esses quadros, pois não há oito dias que os comprei; mas Lúcia não precisa de modelos, e já nos mostrou, não uma, porém muitas noites, que tem, com a beleza dos anjos, o gênio da estatuária. Não é verdade, meus senhores?

---

1 Pela primeira vez, o nome completo do personagem: Paulo Silva.
2 Pintor italiano (1483-1520), autor de inúmeros quadros de nus femininos.
3 Também de origem italiana, Ticiano (1490-1576) se utilizou, como Rafael, de mulheres nuas para temas de seus quadros.

— Bem vês, Sá, que a honra não é para todos. Sou indigno dela! — disse eu.
— O que me está parecendo é que Lúcia quer apaixonar-te.
Soltei uma gargalhada.
— Perde o seu tempo! A mim?

Lúcia ergueu a cabeça com orgulho satânico, e levantando-se de um salto, agarrou uma garrafa de champanha, quase cheia. Quando a pousou sobre a mesa, todo o vinho tinha-lhe passado pelos lábios, onde a espuma fervilhava ainda. Ouvi o rugido da seda; diante de meus olhos deslumbrados passou a divina aparição que admirara na véspera.

Lúcia saltava sobre a mesa. Arrancando uma palma de um dos jarros de flores, trançou-a nos cabelos, coroando-se de verbena, como as virgens gregas. Depois, agitando as longas tranças negras, que se enroscaram quais serpes vivas, retraiu os rins num requebro sensual, arqueou os braços e começou a imitar uma a uma as lascivas pinturas[1] mas a imitar com a posição, com o gesto, com a sensação do gozo voluptuoso que lhe estremecia o corpo, com a voz que expirava no flébil suspiro e no beijo soluçante, com a palavra trêmula que borbulhava dos lábios no delíquio do êxtase amoroso.

Deviam de ser sublimes de beleza e sensualidade esses quadros vivos, que se sucediam rápidos; porque até as mulheres aplaudiam com entusiasmo e frenesi. Revoltou-me tanto cinismo; ergui-me da mesa.

— Que é isso? Não admiras? O que viste era mais perfeito!
— Não por certo!... Esses quadros são mais expressivos e naturais! São sublimes de verdade! Porém sinto-me sufocado pela atmosfera desta sala; preciso de ar.[2]

Abri a porta que dava para o jardim, e saí.

8

Não sou dos felizes, que conservam a virgindade d'alma, e levam à santa comunhão do casamento a pureza e castidade das emoções. Bem cedo ainda senti murchar a bonina delicada do coração; e afoguei a minha ignorância nos gozos rapidamente fruídos e brevemente olvidados.

Há porém na febre dos sentidos uma união íntima da matéria, unissonância de desejos e repercussão instantânea do prazer, que opera a transfusão mística da palavra santa. O homem e a mulher são a possessão mútua — *una caro*, a carne única, onde vivem duas almas que nada veem, porque só veem a si.

Compreenda agora por que a bacante ficou fria e gelada para mim, na sua ardente lascívia. A mulher que com seus encantos cevava outros olhos que não os meus, a estátua animada de desejos que eu não havia excitado, em vez de provocar em mim a admiração,

---

1 Repare na descrição de Lúcia, cujo "orgulho satânico" (sua semelhança com Lúcifer) a reveste de paganismo, ao trançar flores no cabelo. Ela é toda movimento e sensualidade.
2 Paulo é irônico, quando lhe perguntam se o quadro que ele vira anteriormente é mais belo. Ele acentua o horror que sente pela moça, ao afirmar que suas poses são "sublimes de verdade": aquela seria a verdadeira Lúcia.

indignou-me. Tive vergonha e asco, eu, que na véspera apertara com delírio nos meus braços essa mesma cortesã, menos bela ainda e menos deslumbrante, do que agora na sua fulgurante impudência.

Quando a mulher se desnuda para o prazer, os olhos do amante a vestem de um fluido que cega; quando a mulher se desnuda para a arte, a inspiração a transporta a mundos ideais, onde a matéria se depura ao hálito de Deus; quando porém a mulher se desnuda para cevar, mesmo com a vista, a concupiscência de muitos, há nisso uma profanação da beleza e da criatura humana, que não tem nome.

É mais do que a prostituição: é a brutalidade da jumenta ciosa que se precipita pelo campo, mordendo os cavalos para despertar-lhes o tardo apetite.

Contudo, passado o primeiro assomo, achei em minha alma, talvez mais piedade do que indignação. Lembrei-me do que Lúcia me tinha dito ao ouvido, da entonação áspera de sua voz, do estrépito nervoso de seu riso, e tive dó dessa moça. Que motivo a obrigava a descer tão baixo? Não era a cupidez, não; apesar de quanto me dissera o Cunha no teatro, havia naquela mulher um quer que seja, que revelava à primeira vista a nobreza do caráter. Devia de ser a depravação; mas a depravação como ainda não tinha encontrado, que se violentava, em vez de comprazer-se nos seus excessos.

Uma curiosidade irresistível me aproximara da porta que ficara entreaberta.

Lúcia, trançando a sua longa manta listrada de escarlate, que a envolveu como um pálio romano, voltara ao seu lugar e amolgara sobre a cadeira um corpo sem articulações. Os aplausos e a ruidosa grita continuavam no meio do fogo rolante de ditos licenciosos. Passado um instante ela ergueu a cabeça, e seu olhar embaciado circulou, indo lentamente de um a outro conviva.

— Quem estava aqui? — balbuciou, indicando o lugar que eu havia deixado.

— Já perdestes a memória? Bom sinal!

— Era eu, Lúcia! Não te lembras? — disse o Couto.

— Mas havia alguém aqui?

— Não te inquietes!... Paulo foi tomar ares no jardim. Já volta.

— E se não voltar... — disse o Couto, esticando-se na sua pretensiosa reticência.

— Era ele!... — exclamou Lúcia, rindo às gargalhadas.

— Está embriagada! — pensei eu.

— E tu, Nina, não queres que também admiremos a tua beleza? — dizia Sá.

— É verdade! Apreciaremos o contraste! — gritou o Rochinha.

— Nada, ainda não desci a esse ponto.

— Com efeito é preciso ter perdido a vergonha — murmurou Laura com desprezo.

Lúcia, que saíra da mesa, voltou-se com uma dignidade e nobreza impossível de pressentir na cortesã da véspera e na bacante de há pouco; mas essa expressão foi rápida; sucedeu-lhe a habitual doçura, ainda realçada por um tom humilde.

— Não faças caso, é inveja — exclamou Sá.

— Tens razão, Laura, perdi a vergonha para ganhar o dinheiro de que precisas; e desci a esse ponto, Nina, desde que me habituei a desprezar o insulto, tanto como o corpo que nós costumamos vender.

E sem esperar resposta, dirigiu-se à porta e saiu. O meu primeiro movimento foi de repulsão; mas não sei que atração irresistível me prendia a essa mulher, que a segui de longe. Vi-a caminhar de um lado para outro, olhando em torno como se procurasse alguém; por fim caiu extenuada sobre um banco de relva.

Aproximei-me então, e tomei-a nos braços; metiam dó as contrações nervosas que crispavam seu belo corpo, e os soluços de angústia que lhe partiam o seio e cerravam a garganta, sufocando-a. Penou assim um tempo longo, em que receei por vezes que não expirasse sobre o meu peito. Finalmente a crise passou; foi-se acalmando, e desfaleceu.[1]

— Que ideia triste o senhor deve ter de mim! — murmurou com a voz sumida.

— Para que te prestas a essas coisas!

— O que sou eu?

— Embora! Há sempre um resto de dignidade, que impede a mulher de consentir no que acabas de fazer.

— Dignidade de quem se despreza a si mesma!... O que é este corpo que lhes mostrei há pouco, e que lhes tenho mostrado tantas vezes! O que vale para mim? O mesmo, menos ainda, do que o vestido que despi; este é de seda e custou o que não custa uma de minhas noites!... Oh! creia, mais nua do que há pouco me sinto eu agora, coberta como estou e aqui onde a sombra nem lhe deixa ver meu rosto!... Porém sua alma vê o que fui e o que sou, e tenho vergonha![2]

Lúcia atirou-se soluçando sobre o meu peito; e o que me restava ainda de indignação, desvaneceu-se.

— Por que não persististe na tua recusa? Eu te pedi!

— Tinha eu o direito de recusar? Não foi para isso que se deu essa ceia!

— Sá te disse alguma coisa a meu respeito?

— Não; mas adivinhei. Queria que lhe roubasse a surpresa que estava preparada, e aguasse com uma contrariedade a festa de seu amigo? Demais, não havia de saber; não lhe contariam, se já não lhe contaram, toda a minha vida?

— Não me incomodaria tanto como o que vi.

— Mas então para que veio?

— Não sabia o que se tinha de passar; suspeitava que te havia de encontrar aqui; porém nunca pensei que homens de educação achassem prazer em obrigar uma pobre mulher a semelhante degradação!

— Eles compram o seu prazer onde o acham; a degradação e a miséria é de quem recebe o preço. Senti-o hoje! Nunca isso custou-me tanto! Conheci que era uma infâmia; se o senhor não zombasse de mim, não o teria feito por coisa alguma deste mundo.

---

1 A descrição adquire movimento: Lúcia é personagem feita de gesto e ação. Seja diante da sensualidade ou do desespero.
2 Lúcia despreza o corpo, mas envergonha-se diante da "alma" de Paulo, que a viu nua, debochada, e, agora, a vê arrependida e frágil.

— Nem sei onde estava naquele momento! Mas, Lúcia, já que o confessas, promete-me... Nada sou para ti, as nossas relações datam de ontem; porém em nome da indignação que senti, e do interesse que me inspiras, promete-me que nunca mais farás semelhante coisa.

Ela ergueu-se:

— Eu lhe juro — disse com a fala grave e comovida.

Sentando-se de novo ao meu lado, continuo:

— E o senhor não me julgará muito indigna? Não me desprezará?

— Não te desprezo; tenho pena de ti.

Lúcia travou-me da mão e beijou-a.

Esse beijo submisso fez-me mal.

Afastei-me arrebatadamente. Senti as mãos úmidas de lágrimas, que eu não sentira chorando-as. Lúcia aproximou-se pouco e pouco; os seus passos ligeiros crepitavam na areia; parou diante de mim, e não me animei a olhá-la.

Estranha contradição!

Quando a lembrança ainda recente devia avivar as cores do quadro vergonhoso e revoltante que me tinha indignado, eu esquecia a pesar meu. Se fazia um esforço para evocar a cena da ceia, as ideias confundiam-se; a imagem da bacante, surgida um momento, ia-se desvanecendo até sumir-se; e nas sombras que nublavam o meu pensamento assomava radiante a mulher que eu possuíra na véspera com todas as forças de minha vitalidade. O desejo parecia mesmo ter adquirido nova têmpera, e mais poderosa, na luta de que saíra.

Lúcia se tinha sentado junto de mim; alisava-me os cabelos, olhando-me à luz das estrelas.

— Se não tivesse vindo! — suspirou ela. — Não me fugiria; talvez olhasse para mim como das primeiras vezes que nos vimos; ao menos ainda poderia dar-lhe um pouco de prazer, já que nada mais tinha para dar-lhe.

— E por que não me darás ainda, Lúcia, esse prazer?

— Depois do que se passou?

— Cala-te! — murmurei surdamente. — Tu és uma criança!... Não tens culpa do que fizeste!

— Deveras me perdoa?... Ainda me quer?

Colei os meus lábios ao ouvido de Lúcia; tinha vergonha do eco de minhas palavras.

— Quero-te para sempre! Quero que sejas minha e minha só.

— Ah!...

Lúcia saltou como a gazela prestes a desferir a corrida, quando as baforadas do vento lhe trazem o faro de tigre remoto; estendendo o braço mostrou-me a sala da ceia, donde escapava luz e rumor.

— Mais longe!...

Fomos através das árvores até um berço de relva coberto por espesso dossel de jasmineiros em flor.

— Sim! Esqueça tudo, e nem se lembre que já me visse! Seja agora a primeira vez!... Os beijos que lhe guardei, ninguém os teve nunca! Esses, acredite, são puros!

Lúcia tinha razão. Aqueles beijos, não é possível que os gere duas vezes o mesmo lábio, porque onde nascem queimam, como certas plantas vorazes que passam deixando a terra maninha e estéril.[1] Quando ela colou a sua boca na minha pareceu-me que todo o meu ser se difundia na ardente inspiração; senti fugir-me a vida, como o líquido de um vaso haurido em ávido e longo sorvo.

Havia na fúria amorosa dessa mulher um quer que seja da rapacidade da fera.

Sedenta de gozo, era preciso que o bebesse por todos os poros, de um só trago, num único e imenso beijo, sem pausa, sem intermitência e sem repouso. Era serpente que enlaçava a presa nas suas mil voltas, triturando-lhe o corpo; era vertigem que nos arrebatava a consciência da própria existência, alheava um homem de si e o fazia viver mais anos em uma hora do que em toda a sua vida.

A aspereza e feroz irritabilidade da véspera se dissipara. O seu amor tinha agora sensações doces e aveludadas, que penetravam os seios d'alma, como se a alma tivera tato para senti-las.

Não fui eu que possuí essa mulher; e sim ela que me possuiu todo, e tanto, que não me resta daquela noite mais do que uma longa sensação de imenso deleite, na qual me sentia afogar como num mar de volúpia.[2]

Quando o primeiro raio da manhã tremulando entre as folhas rendadas veio esclarecer-nos, Lúcia, reclinada a face na mão, me olhava com o ressumbro de doce melancolia, que era a flor de seu semblante em repouso. Embebendo o olhar no meu, procurou o pensamento no fundo de minha alma. Sorri; ela corou; mas dessa vez entravam também no rubor os toques vivaces do júbilo que iluminou-lhe a fronte.

Incompreensível mulher!

A noite a vira bacante infrene, calcando aos pés lascivos o pudor e a dignidade, ostentar o vício na maior torpeza do cinismo, com toda a hediondez de sua beleza. A manhã a encontrava tímida menina, amante casta e ingênua, bebendo num olhar a felicidade que dera, e suplicando o perdão da felicidade que recebera.

Se naquela ocasião me viesse a ideia de estudar, como hoje faço à luz das minhas recordações, o caráter de Lúcia, desanimaria por certo à primeira tentativa. Felizmente era ator nesse drama e guardei, como a urna de cristal guarda por muito tempo o perfume de essência já evaporada, as impressões que então sentia. É com elas que recomponho esse fragmento de minha vida.

Lúcia disse-me adeus; não consentiu que a acompanhasse, porque isso me podia comprometer. Insisti debalde; e recolhi-me de meu lado quebrado de fadiga e sono.

Em casa de Sá já se dormia quando partimos.

---

1 A contradição anjo-demônio acentua-se na descrição dos "beijos puros" de Lúcia. São puros: mas queimam; são ardentes, mas mortais.
2 A inversão de papéis masculino-feminino é marcante. Paulo não é um homem de "alma virgem", mas reveste-se de pudor em vários momentos diante de Lúcia. No ato amoroso, é ela que age, que arranca o desejo, é ela o que "possui".

9

Acordei por volta de duas horas, e fui escrever. Depois da noite que passara talvez suponha que fiz versos. Pois engana-se: fiz contas.

Revi o meu livro de assentos, dando balanço à minha fortuna, que então orçava por uma quinzena de contos. Era bem pobre; mas estava independente, formado, no ardor da mocidade e sem encargos de família. Já tinha a intenção de estabelecer-me aqui; e antes de começar a vida árida e o trabalho sério do homem que visa ao futuro, queria dar um último e esplêndido banquete às extravagâncias da juventude.[1]

Quem melhor do que Lúcia me ajudaria a consumir as migalhas que me pesavam na carteira, e me embelezaria um ou dois meses da vida que eu queria viver por despedida? Separei o necessário para a minha subsistência durante dois anos; e com a fé robusta que se tem aos vinte anos, rico de esperanças, destinei o resto ao festim de Sardanapalo[2], onde eu devia queimar na pira do prazer a derradeira mirra da mocidade.

Tendo registrado no meu *budget*, com um simples traço de pena, a importante resolução, saí para matar a sede de ar, de sol e de espaço que sente o homem depois do sono tardio e enervador. Espaciei o corpo pela Rua do Ouvidor; o espírito pelas novidades do dia; os olhos pelo azul cetim de um céu de abril e pelas galas do luxo europeu expostas nas vidraças.

Era um domingo; o ócio dos felizes desocupados tinha ganhado o campo e os arrabaldes. Encontrei por isso poucos conhecidos e fria palestra.

Queria fazer horas para ir ver Lúcia. Com os hábitos de voluptuosa indolência, que tomam as mulheres a quem faltam os cuidados domésticos, não era natural que tão cedo fosse visível. Para ocupar-me dela, entrei em casa do Valais, o joalheiro do bom-tom.

Comprei, não o que desejava, mas o que permitiam as minhas finanças. Só os milionários gozam do prazer de medir a sua liberalidade pela efusão do sentimento; entretanto o desejo avulta justamente onde míngua a fortuna. Tinha escolhido uma dessas galantarias de ouro e brilhantes, que custam algumas centenas de mil-réis, e valem um capricho, uma tentação, um sorriso de prazer.

Ao sair vi um adereço de azeviche muito simplesmente lavrado, e por isso mesmo ainda mais lindo na sua simplicidade. Tênue filete de ouro embutido bordava a face polida e negra da pedra. Há certos objetos que um homem dá à mulher por um egoístico instinto do belo, só para ver o efeito que produzem nela. Lembrei-me que Lúcia era alva, e que essa joia devia tomar novo realce com o brilho de sua cútis branca e acetinada. Não resisti; comprei o adereço, e tão barato, que hesitei se devia oferecê-lo.

Seriam quatro horas.

---

[1] O senso comercial faz com que Paulo aja como se estivesse adquirindo um objeto caro e não uma mulher. Dinheiro e sentimento costumam ser forças antagônicas na obra de Alencar.
[2] Lendário soberano assírio, Sardanapalo foi muito rico e depravado.

Achei Lúcia reclinada no sofá. Estava matando o tempo, ora examinando o crivo dos punhos e o debuxo do penteador de cambraia; ora cerrando as pálpebras para engolfar o espírito nalguma deliciosa reminiscência.

— Preguiçoso! Há duas horas que o espero! — disse, dando-me a mão e sorrindo.

— Saí há muito tempo, e não passei por aqui com receio de incomodar-te.

— Tenha a bondade de dizer: quem lhe deu o direito de pensar que me incomoda?

— O meu gênio! Desconfio de mim.

— Pois o seu gênio enganou-o; fique sabendo que o senhor nunca me pode incomodar a qualquer hora que venha aqui! Nunca; ouviu?

— E quanto tempo durará isso?

— Ah! já lhe disseram que sou volúvel! Eles têm razão de o dizer; porém má como sou, ainda assim não me julgue pelo que lhe contarem.

— Não te julgo, nem te quero julgar. Conheço-te de ontem; de ontem somente, tu o disseste!

— Pois essa que fui ontem continuarei a ser, já que Deus não quis que fosse a outra, que viu da primeira vez.

— Não era mais bonita do que a desta noite.

— Quem sabe? Mas diga-me — continuou, acariciando-me o rosto com a mão travessa —, deveras pensou hoje alguma vez em mim, ou esqueceu-se apenas nos separamos?

— Tanto, que te trouxe uma lembrança.

— Ah! quero ver, sou muito curiosa!

Tirei as joias e dei-lhe; o sorriso faceiro que despontava no lábio murchou de repente. Atribuí a excesso de curiosidade e atenção, porém ela, abrindo lentamente a caixa, lançou-lhe apenas um olhar distraído, e deitou-a sobre a cadeira com uma frieza glacial e um desgosto, que transparecia entre a expressão de forçada amabilidade com que me agradeceu:

— Obrigada; não valho tanto!

Esse *tanto* foi dito com uma surda vibração, e profunda, como se a voz que o articulara houvesse ferido interiormente todas as cordas de sua alma. "Cunha tinha razão", pensei eu; "a cupidez e a avareza são as molas ocultas que movem esse belo autômato de carne. Está habituada a presentes de milionário; desdenha a migalha do pobre."

Tive ímpetos de cuspir dos lábios os beijos que recebera e não podia pagar pelo seu justo preço.

Abria ela a outra caixa com a mesma lentidão e indiferença; quando súbito expandiu-se num desses enlevos que descem, como ondas de fluido luminoso, da fronte apaixonada e inteligente da mulher que ama. Soltou um pequeno grito de prazer, e agradeceu-me dessa vez sem palavras, com um só olhar, mas olhar como ela unicamente o tinha; olhar fundo e longo, que parecia surgir de um abismo e dilatar-se ao infinito.

Posso eu descrever-lhe a ingênua alegria e as visagens graciosas e infantis que ela fez diante dessa joia sem valor? Era a gárrula travessura da criança a quem se deu um brinquedo bonito; a mimosa garridice da menina que festeja o seu primeiro enfeite de moça; as carícias felinas do gato, brincando com a tímida presa que vai devorar.

— Que bonito, meu Deus! — exclamava a cada instante. — Quero ver como me fica! Hei de trazê-lo sempre!

Imediatamente substituiu os brincos que tinha pelos de azeviche, cingiu o colar, e saltando como uma louquinha, correu ao espelho; aí repetiu-se a mesma cena. Apesar da naturalidade e do ímpeto involuntário desses gestos, a minha habitual descon-fiança suspeitou naquela efusão de contentamento uma zombaria amarga; supus um momento, que ela pretendia ironicamente fazer-me sentir por esse modo a mesquinhez do presente.

Não lhe cause isso surpresa; lembre-se que ideia devia fazer então dessa mulher pelos precedentes que conhecia de sua vida.

— Que significa essa admiração fora de propósito, Lúcia? Estou arrependido de te haver oferecido semelhante ninharia; mas cuidei que me perdoasses em atenção à outra, que não me parecia muito indigna de tua beleza. Não sou rico; e há pouco a indiferença com que recebeste essa pulseira fez-me sentir bem amargamente a minha pobreza. Estou convencido que o fizeste sem querer.

Essa criatura tinha a intuição rápida e instantânea, que é no homem a segunda vista do gênio, e em algumas mulheres privilegiadas um instinto sutil do coração. À primeira palavra, a expansiva alegria que vertia de toda sua pessoa caiu-lhe aos pés. Ficou séria, submissa e envergonhada, como a criança traquinas, que surpreende em flagrante o ralho paterno. Recolheu confusa o adereço e veio sentar-se ao meu lado:

— Diz que recebi com indiferença essa pulseira! E qual é a causa da minha alegria? Disfarcei para o senhor não pensar que desejo me venha ver somente pelo valor desses brilhantes. Além disso, quando se recebe mais do que se vale fica-se acanhada.

Compreendo hoje as rápidas transições que se operavam nessa mulher; mas naquela ocasião, como podia adivinhar a causa ignota que transfigurava de repente a cortesã depravada na menina ingênua, ou na amante apaixonada![1]

— Mas por isso não se zangue comigo!

E inclinou a face para receber uma carícia.

— Torno a pedir-te, Lúcia; nunca me digas o que não sentes. Tens o mau gosto de te rebaixares.

— Se eu quisesse parecer melhor do que realmente sou e fingir sentimentos que não posso ter, me tornaria ridícula. Talvez o senhor fosse o primeiro a escarnecer de mim.

— Tudo isso, sabes o que é? É orgulho ofendido por algumas palavras que me escaparam anteontem. Não negues; já te conheço melhor do que tu mesma.

— Deveras! É difícil conhecer-me; mais difícil do que pensa. Eu mesma, sei o que às vezes se passa em mim? E o motivo que me arrasta sem querer? Não repare nessas esquisitices! Ralhe comigo, quando eu merecer; prometo corrigir-me.

---

[1] O "hoje" é utilizado pelo narrador para antecipar as descobertas que Paulo fará a respeito do caráter de Lúcia. Esse recurso é chamado de "marcação temporal". Nesse momento da narrativa, contudo, a "transformação" de donzela ingênua para cortesã depravada incomoda e tortura o rapaz.

— Era o meio de me tornar insuportável. Daqui a uma semana não me poderias aturar.

— Experimente!

— Não; dizem que és muito caprichosa, e não há nada que eu respeite como os caprichos de uma mulher. Fica o que tu és; somente sentiria que cometesses excessos como os de ontem.

— Já lhe dei um juramento!

— Acredito nele. Portanto não há necessidade de te humilhares diante de mim, que não tenho direito de pedir-te contas de tua vida. Não te pergunto pelo passado. O que te peço são alguns instantes de prazer. Quando te aborrecer, previne-me.

— O senhor nunca me há de aborrecer! Se esse prazer que lhe dou vale alguma coisa, tome dele quanto queira; pertence-lhe todo!

Davam seis horas. Lúcia pediu-me que jantasse com ela, e fê-lo com tal humildade e timidez, que apesar dos meus escrúpulos aceitei para não mortificá-la. Enquanto ela vestia-se no toucador, recostei-me no sofá e descontei quase uma hora do sono perdido na véspera. Abrindo os olhos, vi Lúcia reclinada sobre mim.

— Devias estar maçada por me ver dormir. Por que não me acordaste?

— Agora mesmo acabei de aprontar-me.

Estava encantadora com o seu roupão de seda cor de pérola ornada de grandes laços azuis, cuja gola cruzando-se no seio deixava-lhe apenas o colo descoberto. Nos cabelos simplesmente penteados, dois cactos que apenas começavam a abrir às primeiras sombras da noite. Mas tudo isso era nada a par do brilho de seus olhos e do viço da pele fresca e suave, que tinha reflexos luminosos.

— Foi para mim que te fizeste tão bonita?

— E para quem mais? — disse com um acento queixoso. — Estou a seu gosto?

— Como sempre.

— Pois vamos jantar.

Ela fez-me as honras de sua casa como uma verdadeira senhora, com o tato esquisito que põe o hóspede à sua vontade, cercando-o contudo de mil atenções delicadas. O jantar foi sério. Ou porque Lúcia nessa ocasião desejasse conservar a sua dignidade de dona de casa; ou porque a presença dos criados a acanhasse, o fato é que não deixou nunca o tom ligeiramente cerimonioso que havia tomado.

Depois de jantar sentamo-nos no terraço, onde tomamos café, e eu fumei o meu charuto, do qual ela brincando roubou-me algumas fumaças com tal graça e prazer, que bem provavam ter cultivado mais esse vício.

A noite estava bonita e estrelada, e o céu coalhado de nuvens que recortavam sobre o azul as formas caprichosas. Lúcia tinha a alma poética; falava da natureza com o entusiasmo ingênuo que dá a vida contemplativa àqueles que não conhecem os segredos da ciência; muitas vezes fazia-me perguntas que me embaraçavam; outras cortava a frase colorida com um riso em que vertia a sua fina ironia.

— Ali está a minha estrela! Olhe, sou eu! — disse mostrando-me Lúcifer, que se elevava no oriente límpida e fulgurante.

Não pude deixar de sorrir-me.

— És muito linda no céu, sobretudo hoje que vestes um manto de tão puro azul; mas eu te prefiro aqui junto de mim, Lúcia.

— Também eu; antes queria viver sempre neste cantinho da terra como agora, respondeu-me tomando as mãos e olhando-me, do que no céu como ela brilhando para o mundo inteiro.

Calou-se um instante.

— Se eu ainda lá estivesse, desceria agora para vir sentar-me aqui. Mas Lúcifer deixou no céu a luz que perdeu para sempre.

Quando voltamos ao salão, já estava iluminado.

É preciso ter como Lúcia a beleza, a sedução e o espírito que enchem uma sala; a mobilidade e a elegância que multiplicam uma mulher, como o prisma reproduz o raio do sol por suas mil facetas; para assim consumir deliciosamente uma noite com as filigranas da galantaria feminina. Em três horas, que voaram, quer saber o que fez essa mulher? Tocou e cantou com sentimento, conversou com a sua graça habitual, representou-me tipos da comédia fluminense; fez a sátira dos ridículos da época; recitou versos de Garrett[1], como o faria a Gabriela; brincou, saltou, dançou; e por fim acabou tornando-me criança como ela, e obrigando-me a jogar prendas que eram resgatadas com um beijo na face.

Às dez horas quis retirar-me. Lúcia suspendeu-se ao meu ouvido, e balbuciou muito baixo uma súplica:

— Fique!

Um olhar eloquente, raio voluptuoso que rompeu o enleio encantador de seu gesto, disse-me quanto havia nessa palavra. O meio de resistir a semelhante pedido?

10

Recolhendo-me dia seguinte, encontrei Sá que subia as escadas do hotel.

— Que fim levaste anteontem, que ninguém te viu mais?

— Voltei para casa.

— Com Lúcia, já se sabe! Ainda estás muito atrasado, Paulo. Tens o amor no meio de uma claridade esplêndida, em volta de uma mesa bem servida, sobre macios tapetes; e preferes o amor bucólico ao relento e sobre a relva!...

— Sou extremamente egoísta nessa matéria, meu amigo: só partilho o amor com a mulher que o sente.

— São gostos; mas ficaste sabendo o que é Lúcia, e entretanto ela estava de mau humor. Num dos seus bons dias, não tem que invejar às cortesãs gregas ou às messalinas romanas.

— Ela já contou-me tudo isso, Sá — respondi com impaciência.

---

[1] Referência a Almeida Garrett (1799-1854), poeta romântico português.

— Pudera não! São os seus brasões de glória; e por isso previno-te. É uma mulher que só pode ser apreciada de copo na mão e charuto na boca, depois de ter no estômago dois litros de champanha pelo menos. Nessas ocasiões torna-se sublime! Fora disso é excêntrica, estonteada e insuportável. Ninguém a compreende.

— Eu compreendo-a perfeitamente. É uma moça gasta para os prazeres; ainda jovem no corpo, mas velha n'alma. Quando se atira a esses excessos de depravação, é estimulada pela esperança vã de um gozo que lhe foge; atordoa-se, embriaga-se e esquece um momento; depois vem a reação, o nojo das torpezas em que rojou, a irritabilidade de desejos que a devoram e que não pode satisfazer; nessas ocasiões tem suas veleidades de arrependimento; a consciência solta ainda um grito fraco; a cortesã revolta-se contra si mesma. Isso passa no dia seguinte. Eis o que é Lúcia; daqui a algum tempo o hábito fará dela o mesmo que tem feito das outras: envelhecerá o corpo, como já envelheceu a alma.

Sá me ouviu rindo à socapa e com malícia:

— Pois já que a compreendeste tão bem, explica-me isto.

E apresentou-me uma carta aberta, que ao tirar do sobrescrito deixou cair algumas notas do banco. Era de Lúcia, e dizia:

"O senhor enganou-se. Sou eu que lhe devo, e tanto, que não lho poderei pagar nunca."

Senti lendo essa carta um bem-estar inexprimível.

— Que dizes? — perguntou Sá.

— Digo que ela fez o que devia.

— Talvez por conselho teu?

— Afirmo-te que não sabia disso; e que soubesse, bem se importa Lúcia com os meus conselhos. Seguiu o seu próprio impulso; arrependeu-se do que fez; e te agradece a lição. Nada mais natural.

Sá olhou-me um instante:

— Somos ambos moços, Paulo; porém sou mais velho três anos de idade, e oito anos de Rio de Janeiro. A corte é um país onde se envelhece depressa; por isso não te admires se falo como um homem de cinquenta anos. Queres te divertir: é justo, é mesmo necessário; porém não tomes Lúcia ao sério.

— Não te entendo!

— Sabes que terrível coisa é uma cortesã, quando lhe vem o capricho de apaixonar-se por um homem![1] Agarra-se a ele como os vermes, que roem o corpo dos pássaros, e não os deixam nem mesmo depois de mortos. Como não tem amor, e não pode ter, como a sua inclinação é apenas uma paixão de cabeça e uma excitação dos sentidos, orgulho de anjo decaído mesclado de sensualidade brutal, não se importa de humilhar seu amante.

---

1 Repare nos conselhos que Sá transmite ao amigo, associando o "não amor" da cortesã à destruição que ela pode causar a seus amantes. Lembre-se de como o desejo já foi metaforizado antes, sempre com imagens relacionadas a alimento e ao ato de comer.

Ao contrário sente um prazer novo, obrigando-o a sacrificar-lhe a honra, a dignidade, o sossego, bens que ela não possui. São seus triunfos. Fá-lo instrumento da vingança ridícula, que todas essas mulheres prosseguem surdamente contra a boa sociedade, porque não as aplaude. O seu ciúme é fome apenas; se o amante tem alguma afeição honesta, ela torna-se confidente de seus amores, encoraja-o, serve-o mesmo, para ter o gosto de mais tarde disputar a presa. Então não há excesso que não cometa. Se for necessário aviltar o homem, ela o fará, à semelhança desses torpes glutões que cospem no prato para que os outros não se animem a tocá-lo.

— Mas a que vem este sermão, Sá? As minhas relações com Lúcia não têm nada que se pareça com o teu romance; tu me conheces bem para saber que não há mulher no mundo capaz de me atar à cauda de seu vestido, ainda quando fosse para elevar-me, quanto mais para arrastar-me na lama.

— Quando essa mulher é Lúcia, o próprio José devia temer, Paulo.

— É perigosa assim? — perguntei zombando.

— A mulher de Putifar[1] foi uma pobre moça, devorada pela concupiscência, que se atirava cega e alucinada nos braços do homem desejado. Era natural que a virtude chocada bruscamente repelisse o vício, como um corpo elástico repele outro. Essa mulher não conhecia a arte da tentação. Se ardendo em febre sensual, quando estendia a perna nua ou descobria o seio a José, tivesse a força de olhá-lo como ao cão importuno que gira em torno do festim a quem o conviva repele com o pé, não se passaria muito tempo sem que o animal exasperado se lançasse sobre o osso, que o tentava, para devorá-lo, embora soubesse que lhe atravessaria a garganta.

— Mas eu não sou José — respondi sorrindo —, e prefiro a carne que me dão, ao osso, que me recusam.

— Por isso mesmo! Bebeste o primeiro trago do vinho; provaste uma vez do fruto proibido. Já conheces o amor dessa mulher: é um gozo tão agudo e incisivo que não sabes se é dor ou delícia; não sabes se te revolves entre gelo ou no meio das chamas. Parece que dos seus lábios borbulham lavas embebidas em mel; que o ligeiro buço que lhe cobre a pele acetinada se eriça, como espinhos de rosa através das pétalas macias; que o seu dente de pérola te dilacera as carnes deixando bálsamo nas feridas. Parece enfim que essa mulher te sufoca nos seus braços, te devora e absorve para cuspir-te imediatamente e com asco nos beijos que atira-te à face!

— É verdade! — disse eu lembrando-me —, mas já a senti uma vez sem esse sabor agro e corrosivo.

— Porque teu paladar se vai habituando. Só conheci uma criatura assim e não era uma cortesã... Mas não se trata disso — atalhou Sá, como repelindo uma recordação importuna. — Quando supuseres que o tédio te invade, procurarás debalde o prazer; a mulher a mais provocante, esteja ela possessa de vinho e de amor, te parecerá morta. Eis o perigo: terás a força de resistir?

---

[1] Oficial da corte egípcia cuja esposa tentou seduzir José, que a repeliu. Essa história vem narrada na Bíblia (Gênesis, cap. 39).

— Tu não resististe?

— Com esforço; e entretanto quando a conheci, há um ano, já tinha feito todas as minhas provas; não creio que possas dizer o mesmo.

— Mas, se Lúcia é essa mulher esquisita, insuportável e caprichosa, ela mesma se incumbirá de curar-me.

— E se eu te disser que é essa versatilidade e inconstância de humor que a torna mais excitante! Acrescenta que Lúcia tem vontade de apaixonar-se por ti.

— Oh! essa é galante! Como fizeste semelhante descoberta?

— Essa carta! O que é que Lúcia me pode dever daquela ceia, senão o teu conhecimento?

— Eu já a conhecia.

— De vista.

— Na frase da escritura, Sá.[1]

— Ah!

— Estive em sua casa, quinta-feira.

— Bem: cumpri o meu dever de amigo; cumpre o teu de homem sensato. Adeus.

Voltei de tarde à casa de Lúcia; encontrei na sala uma das nossas companheiras de ceia. Lúcia vendo-me entrar, ergueu-se bruscamente.

— Desculpa, Laura, amanhã passarei por tua casa, e então conversaremos; agora não posso.

— Eu te deixo, mas acredita que não esquecerei nunca o favor que me fizeste.

— Não vale a pena. Adeus.

— Hei de lembrar-me sempre que sem ti, não teria amanhã onde dormir. É pequeno serviço?

— Não vês que me estás aborrecendo, Laura! — disse Lúcia, batendo o pé com impaciência.

— Está bem, não quero que te arrependas do benefício.

— Certamente me farás arrepender. Sabes que eu não gosto que me contrariem. Adeus.

Laura fitou nela um olhar surpreso, no qual passou rapidamente a sombra de um ressentimento; mas acabou rindo-se, e saiu depois de dizer estas palavras:

— Tu me expulsas de tua casa? Não tenho o direito de me ofender; acabas de pagar o aluguel da minha.

A porta fechada por Lúcia bateu com tanta força que as vidraças das janelas estremeceram.

Tinha assistido de parte a esse pequeno e vivo diálogo, e compreendera tudo. A alusão que Lúcia fizera na noite da ceia realizava-se; Laura recorrera a ela numa dificuldade, e acabava de receber o benefício da mão que insultara. Inda mais, sem delicadeza para compreender o motivo da contrariedade de Lúcia que desejava ocultar de mim a sua generosidade, saía maculando com uma ironia grosseira a gratidão que exprimia.

---

1 *Na frase da escritura*: conhecer uma mulher, no sentido bíblico, é manter relações sexuais com ela.

O coração de uma me apareceu vil e torpe, quanto a alma da outra se mostrava nobre, elevada e rica de sensibilidade.

Lúcia deu algumas voltas pela sala, enquanto dominava a sua agitação, e caminhou para mim risonha, meiga, e ainda resplandecente das cores vivas que uma cólera passageira abrira em suas faces, como as tempestades rápidas, que atravessam a atmosfera, deixando a natureza mais brilhante e viçosa.

— Agora é meu até...? e a última palavra desfez-se num sorriso celeste. Até amanhã! E meu só.

Inclinou a fronte, que eu beijei.

— Por que estavas há pouco tão zangada?

— Já não me lembro! — respondeu com faceirice, pousando a unha rosada no lugar que os meus lábios tinham tocado. — Apagou tudo! Essas horas que acabam de passar, não contam na minha vida. Dormi e sonhei. Foi o senhor que me acordou; e eu acordei rindo-me. Não viu?

— Quiseste ocultar-me; mas entendi tudo. Acabavas de fazer um benefício à mulher que te ofendeu.

— Ela não teve culpa! Foi um despeito porque não lhe deram a preferência; eu faria o mesmo. Demais, não era justo o que ela disse!

— Em todo o caso é preciso muita baixeza para pedir-se um favor à pessoa a quem se dirigiu um insulto.

— Tinha pedido antes; e nem foi o que o senhor pensa.

— Ah! Veio exigir o cumprimento da promessa feita.

— Não foi assim, não senhor. Não exigiu coisa alguma.

— E que fazia ela aqui quando eu cheguei?

— Estava me aborrecendo.

— Estava te agradecendo.

— É o mesmo.

— E por que te agradecia? Porque lhe tinhas dado o que veio pedir; o dinheiro para pagar o aluguel da casa.

— Que teimoso! Se estou lhe dizendo que ela não me veio pedir nada.

— Percebo; tu lhe ofereceste espontaneamente, e ela aceitou, porque vindo aqui não tinha outro fim.

— Meu Deus! — disse com um gracioso enfado — quando eu estou junto dele, não me lembro de outra coisa; e ele esquece-se de mim para ocupar-se com Laura! Quer saber tudo? Pois eu lhe digo. Fui eu quem lhe mandou ontem esse dinheiro, uma ninharia; e ela veio aqui aborrecer-me e contar as suas desgraças. Está contente?

— Não; fizeste uma esmola, é generoso; quiseste ocultá-la, é modesto; mas esqueceste que eu devia ter a minha parte nessa boa ação; e não te perdoo.

— Assim nunca remiria os meus pecados! E o que eu fiz, não é tal uma boa ação; quando chegar a minha vez de precisar, ela me dará.

— Ainda!... Deixarás de pedir-me a mim para pedir a ela?

— Disse-o sem sentir! Não precisarei de nada; de nada senão que me venha ver! Isso, fique certo que lhe pedirei todos os dias.

Tomou-me a cabeça, e reclinando-a sobre o ombro, cobriu-me de carícias.

— Hão de lhe ter dito já que sou muito avarenta. Não lhe enganaram, não! Sou; gosto de esconder assim o meu tesouro; de fazer tinir docemente as minhas moedas; de contá-las uma a uma até perder a soma; de embriagar-me como agora na contemplação de meu ouro, e estremecer só com a ideia de perdê-lo![1]

Cada uma dessas palavras caía através dos beijos amiudados que me sufocavam.

— Dizem que a avareza é um vício; mas desse não peço perdão a Deus, que me deu o meu tesouro, mesmo para que o escondesse do mundo, e não expusesse a maus-olhados. Portanto fique sabendo, não há de vir à minha casa todos os dias como pensa!

Quis levantar-me despeitado. Ela obrigou-me a sentar; e saltando ligeira sobre os meus joelhos, desfolhou no meu rosto uma risada fresca e argentina.

— Não, senhor; não há de vir todos os dias! Ah! supunha?...

— Tinha-me enganado; não será a última vez.

— Já está me querendo mal; pois tenha paciência. Só há de entrar aqui duas vezes por semana: na segunda e na quinta-feira.

Ia interrompê-la recusando; ela tapou-me a boca.

— E há de sair nos mesmos dias; porém em vez de entrar de manhã e sair de tarde, entrará de tarde e sairá de manhã. Não lhe agrada?

— Então à exceção desses dois dias toda a semana é minha? — disse não me cabendo de contente.

— Sua, não senhor, minha. Deixo-lhe dois dias para ver seus amigos... E não acha que é muito? Bastava um!

Ficou séria de repente:

— Assim ninguém desconfiará; não saberão onde está. Se lhe perguntarem, não o diga, nem mesmo ao Sá. Ele seria o primeiro que me julgaria capaz de querer fazer com o senhor o que tantas fazem com o homem que preferem. Gostam de mostrá-lo no teatro, na rua, em toda parte!

Lúcia, como vê, parecia adivinhar o que me tinham dito o Cunha e o Sá para desmenti-los completamente. Entretanto, quando eu devia admirar a nobreza dessa alma, quando a mulher que acusavam de cúpida e avara, afastava delicadamente uma questão mesquinha, entregando a sua vida a um homem que mal conhecia, cujo caráter e posição ignorava, o meu orgulho me inspirava uma sórdida e estúpida lembrança. Quis responder a tanta dedicação mostrando-me também franco e liberal; mas não refleti que eu era generoso de dinheiro apenas, enquanto que ela o era de sua pessoa e liberdade, talvez de sua afeição.

— Bem, Lúcia, tu queres que eu viva quase em tua casa. Mas é preciso saber o que serei eu dela!

---

[1] Lúcia ironiza os comentários sobre a sua avareza. E reafirma o fato, embora diga que sua "riqueza" é Paulo: o seu "tesouro", as suas "moedas", a sua "soma" e o seu "ouro".

Olhou-me com expressão que mostrava ter lido no meu pensamento:
— O mesmo que de mim: dono e senhor.[1]
— Então sabes quais são os meus direitos? E para começar, a carta que escreveste ao Sá, assim como o favor que fizeste à Laura, me competem. O que te pertence, é unicamente o pensamento.
— Ele mostrou-lhe?
— Mostrou-me; e a propósito, o que é que lhe deves, que nunca lhe poderás pagar?
— O quê?... Essa sua generosidade! Acha que é pouco?
Conheci que a tinha ofendido; e pedi-lhe um perdão, que já me estava concedido.

11

Encontram-se nas florestas do Brasil árvores preciosas, que, feridas, vertem em lágrimas o bálsamo que encerram.

Assim era, quando uma palavra involuntária da minha parte ofendia-lhe a suscetibilidade e banhava-lhe o rosto de pranto, que Lúcia me revelava toda a riqueza da sua alma.

As nossas relações duravam havia um mês; apenas algumas ligeiras nuvens, das que achamalotam o azul da atmosfera nas tardes calmosas, toldaram por vezes o nosso céu risonho. Mas, como brisa suave, o hálito de Lúcia as delgaçava logo, e elas se desvaneciam com um sorriso doce e carinhoso. Era eu que desastradamente acumulava sobre o nosso horizonte esses vapores do meu mau humor; e era ela que os expelia, não perdoando, mas pedindo perdão da ofensa que recebera.

A questão econômica, questão delicada em que se chocavam o seu nobre desinteresse e a minha dignidade, havia sido felizmente resolvida.

Tinha visto Lúcia esconder num vaso do toucador a chave da gaveta onde guardava o seu dinheiro. Cometi então a indiscrição de abrir uma vez por semana essa gaveta, e deitar a soma que comportava com a minha fortuna e com o luxo em que ela vivia.

A primeira vez que isso sucedeu, foi na manhã seguinte à visita de Sá; todo o dia se passou sem a menor alteração, o que me tranquilizou, porque estava firmemente resolvido a não ceder. Já por diversas vezes Lúcia tinha aberto a gaveta; era natural que houvesse percebido; e contudo não me dissera uma palavra.

À tarde porém pareceu-me ouvir ao longe rugir a tempestade.
— Mandei comprar um camarote!
— Se querias ir ao teatro, por que recusaste o que te ofereci?
— Estou tão rica hoje! Não sei o que hei de fazer do dinheiro — respondeu sorrindo.

---

1 Diante de Paulo, Lúcia é imbuída de total desprendimentio. Ela, que vinha sendo definida como mesquinha, leviana, despudorada, entrega-se da maneira mais submissa ao homem a quem ama.

Veio nesse sorriso um espinho que entrou-me n'alma; olhei-a fixamente, porém já o seu rosto estava calmo e sereno. A consciência que eu tinha, de não ser bastante rico para essa mulher, pungia-me tanto e a cada momento, que à menor palavra dúbia, ao menor gesto equívoco, os meus brios se revoltavam. Farejava uma ironia até no seu próprio desinteresse, que podia ser inspirado pelo conhecimento de minha pobreza.

Mas essa foi a última ocasião em que Lúcia deu azo à minha desconfiança; desde então quando eu ia à gaveta do toucador, por mais que o disfarçasse, ela adivinhava imediatamente, não sei por que secreta revelação; e mal eu me sentava ao seu lado dizia-me com uma mansuetude e uma gratidão sublime, apertando a minha mão ao seio:

— Obrigada!

Como explicar essa rápida e extraordinária mudança? A mulher que dois dias antes se indignava com um oferecimento delicadamente feito, agora não só recebia o serviço oferecido, mas o agradecia com tanta efusão e reconhecimento! Teria nesse momento grande e urgente necessidade de dinheiro, ou a sua primeira recusa não fora sincera?[1]

Compreenda, se pode; quanto a mim, expliquei as repugnâncias de Lúcia por um resto de pudor; e regozijei-me com as suas novas disposições, que vinham poupar-nos futuros dissabores.

Desde que os meus escrúpulos desapareciam com a posição que tomara, não havia motivo para deixar de beber a longo trago na taça do prazer, que Lúcia me apresentava sorrindo. Passava todo o meu tempo em sua casa e ao seu lado; conversávamos, ríamos, colhíamos as flores que a mocidade espargia em nosso caminho; e assim corriam as horas tecidas a fio de ouro e púrpura.

Às vezes lia para ela ouvir algum romance, ou a Bíblia, que era o seu livro favorito. Lúcia conservava de tempos passados o hábito da leitura e do estudo; raro era o dia em que não se distraía uma hora pelo menos com o primeiro livro que lhe caía nas mãos. Dessas leituras rápidas e sem método provinha a profusão de noções variadas e imperfeitas que ela adquirira e se revelavam na sua conversação. Às segundas e quintas-feiras eu saía; mas apenas tinha comprado algumas galantarias que lhe destinava, já os pés me pruriam para tomar o caminho de sua casa. Depois de três ou quatro horas inutilmente desperdiçadas, voltava ao meu berço de rosas; e por mais cedo que chegasse, sempre chegava tarde para ela, e para mim.

Lúcia tinha a poesia da voluptuosidade.

"Fazer nascer um desejo, nutri-lo, desenvolvê-lo, engrandecê-lo, irritá-lo, afinal satisfazê-lo, diz Balzac[2], é um poema completo." Ela compunha esses poemas divinos

---

1 Repare na disposição ambígua de Lúcia, em relação ao dinheiro de Paulo. De início, Paulo vê falsidade por parte da amante; futuramente esse dinheiro terá explicação importante na trama.
2 Honoré de Balzac (1799-1850): romancista francês. Parte de sua obra está unificada sob o título geral de *A comédia humana*.

com um beijo, um olhar, um sorriso, um gesto. Que de harmonias sublimes não arrancava da lira do amor com aquelas notas de sua clave voluptuosa! E a sua beleza admirável, como a sua graça infinita, davam sempre àqueles hinos do prazer uns retoques originais.

Entretanto devo dizer-lhe: nunca mais admirei essa mimosa criatura no esplendor da sua beleza. A cortesã que se despira friamente aos olhos de um desconhecido, em plena luz do dia ou na brilhante claridade de um salão, não se entregava mais senão coberta de seus ligeiros véus: não havia súplicas, nem rogos que os fizessem cair.[1] Às vezes e quantas, ela chegava-se para mim corando, e começava a olhar-me com os seus grandes olhos negros, tão afogados em languidez, que eu percebia imediatamente o turbilhão de desejos que se agitava naquele seio ofegante. E quando a tomava nos meus braços, debatia-se esgarçando com prazer as rendas e a escumilha, até que, rendida na luta que provocava, caía trêmula e palpitante no meu peito.

Apesar de minhas instâncias, Lúcia recusava ir ao teatro, sair a passeio, ou gozar de algum dos poucos divertimentos que lhe oferecia esta insípida cidade.

— Não sei quanto tempo durará a minha felicidade; e não quero esperdiçá-la.

— Eu te acompanharei!

— Nem eu devo aceitar esse sacrifício que o comprometeria; nem que o aceitasse, me podia divertir. Não estaríamos sós!

Eis a situação em que nos achávamos quando uma manhã, passando pelo hotel, achei uma carta de convite para uma partida. O Sr. R..., a quem fui recomendado por amigos de minha província, pedia-me encarecidamente que ao menos no dia dos anos de sua senhora lhe desse o prazer de ver-me em sua casa. Realmente estava em falta para com a família, que apenas visitara com um cartão, e à qual devia muitas finezas! Era ocasião de reparar a minha descortesia.

Mostrei a carta a Lúcia:

— Deve ir — respondeu adivinhando o meu pensamento!

— Entretanto tu renuncias aos teus divertimentos por minha causa. Por que não farei o mesmo?

— Essa partida não é só um divertimento para o senhor, é também um dever.

— Assim queres que vá me divertir sem ti?

— Não o posso acompanhar! — disse ela com uma expressão que significava — um abismo nos separa.

Fui à partida[2], que esteve brilhante. Lá a encontrei, à senhora, e à sua filha, anjo que ainda não tinha batido as asas brancas, deixando viúvas a velhice e a infância de quem tanto amara neste mundo. Havia moças lindas e elegantes, que tornavam a dança verdadeiro prazer, e não sacrifício penoso, como sucede na maior parte desses saraus, em que o convidado é apenas um instrumento de quadrilha, compasso coreográfico, que se transforma na hora da ceia em máquina gastronômica.

---

1 Embora sutil, essa é a primeira mudança de atitude de Lúcia; agora, mesmo a sós com o amante, recusa-se a ficar nua.
2 Festa com baile.

A Sr.ª R..., com uma amabilidade que eu decerto não merecia, esmerou-se em tornar agradáveis as horas que passei em sua casa: apresentou-me a quanto havia ali de distinto pela beleza, pela inteligência e pela virtude; e com o tato fino da mulher de salão poupava-me as banalidades cerimoniosas das apresentações, fazendo-me entrar logo na conversação que animava com a sua graça e os seus repentes felizes. A filha, gentil moça de dezessete anos, fez-me a honra de uma contradança e de algumas voltas de valsa.

Confesso que fiquei fazendo melhor ideia das reuniões dançantes da sociedade fluminense.

Pouco tempo antes de retirar-me, vi Sá, que me acenava de uma janela da sala de jogo, onde se abrigara para fumar. Logo ao entrar tinha-lhe falado; mas evitara a sua conversa, com receio de que me fizesse perguntas sobre Lúcia; sentia remorder-me a consciência; e pouco disposto a aceitar os seus conselhos, previa que eles me haviam de irritar tanto mais, quanto seriam prudentes e razoáveis.

— Desculpa-me: vou dançar.
— A quadrilha ainda se demora, bem sabes; mas queres me escapar!
— Que ideia!
— Queres escapar-te, sim. Cuidas que sou desses homens que perseguem os seus amigos de conselhos que nada lhes custam, porque nem sequer dão o exemplo; e com isso julgam-se quites de todos os deveres da amizade! Estás enganado, Paulo. Disse-te uma vez a minha opinião sobre as tuas relações com Lúcia; fiz o que me cumpria; o resto te pertence.
— Estava tão longe de pensar nisso agora! Como tens achado a partida? Há muito tempo não me divirto tanto!... Rostos encantadores, *toilettes* de gosto, excelente serviço; nada falta!
— Deixa esses elogios aos folhetinistas em cata de novidades. Compreendes que não te chamei para ouvir o teu juízo sobre a reunião do Sr. R...
— E para que me chamaste então?
— Para pedir-te um conselho.
— A mim?
— De que te admiras? Porque não os dou, segue-se que não posso pedi-los? Ao contrário!
— Vejamos que negócio importante é esse que exige o meu voto?
— Julgas que um amigo deva referir ao outro tudo o que se diz a seu respeito? Vamos; a tua opinião franca!
— Julgo que é o maior serviço que possa prestar a amizade.
— Bem. Ouve então o que dizem de ti.
— Para quê? Não dou peso à maledicência, Sá.
— Pode ser que tenhas razão; mas ouve primeiro; depois riremos juntos dessas parvoíces. Há aqui no Rio de Janeiro certa classe de gente que se ocupa mais com a vida dos outros, do que com a sua própria; e em parte dou-lhes razão; de que viveriam eles sem isso, quando têm a alma oca e vazia? Essa gente já sabe quem tu és, que fortuna tens, quanto ganhas, onde moras e como vives.

— É fácil saber; não tenho que ocultar, mercê de Deus.

— Estou convencido que poderias habitar a casa de vidro de Catão[1]; mas infelizmente não a habitas; e portanto o mundo não vê justamente o que a tua modéstia esconde por detrás das paredes, isto é, o lado nobre e honroso da tua vida. O resto está patente.

— Mas ainda uma vez, Sá, o que pretendes com isso? Que me importa o que pensam a meu respeito? Não tenho reputação a perder.

— Mas tens reputação a ganhar. És amante de Lúcia, há um mês; e eu que te conheço, sei que estás te sacrificando. Entretanto, como Lúcia não aparece mais no teatro, não roda no carro mais rico, e já não esmaga as outras com o seu luxo; como a Rua do Ouvidor não lhe envia diariamente o vestido de melhor gosto, a joia mais custosa, e as últimas novidades da moda; sabes o que se pensa e o que se diz? Que estás sacrificando Lúcia... que estás vivendo à sua custa!

O primeiro ímpeto de minha indignação caiu sobre Sá, em quem se encarnava o insulto vago e anônimo; cometia um excesso, se o seu olhar franco e leal não me fizesse entrar em mim.

— Então! Não te ris dessa estúpida calúnia?... Tomas isso ao sério?

— Dize-me o nome de um só dos infames que se ocupam com a minha vida. O teu dever, já que assim o chamaste, o exige, e eu te peço!

— O nome?... É o mundo, a gente, a sociedade! Vai tomar-lhe satisfações.

— Mas tu ouviste de um homem?

— Que ouviu de outro e outro. Procura numa árvore a folha que gerou e nutriu a vespa que te morde?

Sá tinha razão. Sentia a impotência do homem contra a calúnia impalpável que esvoaça e zune e ferroa como a vespa, e escapa nas asas à raiva e desespero da vítima. É a fábula do leão e do mosquito[2]. Mas o que então se passou em mim lhe parecerá incrível: a minha cólera precisava desabafar-se contra alguém, e na impossibilidade de dar um corpo àquela injúria atroz, levei a ingratidão até encarná-la em Lúcia, causa inocente do que sucedia.

Ela tinha razão quando temia que as nossas relações fossem conhecidas, e quando fazia tudo por escondê-las, como se escondem à sombra as flores delicadas que o vento fresco ou o sol ardente crestam e matam.

Saí bem decidido a pôr um termo à situação vergonhosa e humilhante em que me achava colocado. As palavras de Sá me queimavam os ouvidos. Eu vivendo à custa de Lúcia, eu que esbanjava a minha pequena fortuna por ela! Mas as calúnias tinham razão em um ponto; não exibia a minha amante como um traste de luxo, ou um manequim da

---

1 Político romano, Catão (234-149 a.C.) ficou famoso por sua austeridade e honestidade.
2 Nessa fábula, o rei dos animais vive se vangloriando dos seus poderes. Um mosquitinho resolve então provocá-lo, zumbindo em volta do leão sem que este consiga matá-lo.
As calúnias seriam o mosquito.

moda; roubava o bem que lhes pertencia, visto que não era milionário para ter o direito de possuí-lo exclusivamente.[1]

Não me dei ao trabalho de procurar o meu tílburi e parti a pé; precisava agitar-me. Um vulto de mulher passou rapidamente. Ao voltar à esquina, encontrei-o parado. Chegou-se a mim e ergueu o véu. Reconheci Lúcia.

— Divertiu-se muito? — perguntou-me com interesse.

— Oh! muito; nem fazes ideia!

— Eu vi! — disse timidamente.

Não compreendi.

— O que viste?

— Vi-o dançar, passear na sala com as moças; acompanhei-o de longe toda a noite. Estava defronte, escondida por detrás das cortinas.

Havia em face da casa do Sr. R... um miserável botequim, onde ela alugara um quarto a fim de passar a noite vendo-me. Era sublime de delicadeza, e contudo esta prova de afeição, que em outra circunstância me comoveria, pareceu-me uma perseguição insuportável, e esteve quase fazendo transbordar a minha cólera concentrada.

— Não gosto nada dessas extravagâncias, que dão em resultado comprometer-me.

— Ninguém me conhece ali; e não podem adivinhar o que me trouxe. Agora mesmo, se a rua não estivesse deserta, me animaria a falar-lhe? Fique certo de uma coisa: não há nada neste mundo que eu deseje tanto como vê-lo; e me privaria desse prazer se ele pudesse trazer-lhe um dissabor.

— Com que fim vieste a essa casa? Não posso sair uma noite sem que me veja espiado! Hás de confessar que não é muito agradável; se pensas que é esse o meio de me prender, estás completamente enganada. Aprecio muito a minha liberdade; deves te lembrar que entre nós não existem compromissos.

— Nem um decerto!

— Portanto não temos que espiar-nos um ao outro.

— Perdoe-me: fiz mal, não o farei nunca mais.

Calei-me.

— Diga-me ao menos que não está agastado!

— Boa noite!

Lúcia precipitou-se para impedir-me o passo; vi um instante brilhar na sombra o seu olhar cintilante, mas logo deixou pender os braços, curvando a cabeça:

— O coração me adivinhava! O Sá!...

Continuei o meu caminho.

Era a primeira noite, depois de um mês, que passava no hotel, e longe de Lúcia; como me achei só no deserto da nova existência que ia começar!

---

1 O narrador dimensiona o modo como a sociedade lhe cobrava Lúcia: um traste (sem o caráter pejorativo de hoje. No século XIX, referia-se à peça de mobília) de luxo, um manequim da moda.

12

Meio-dia a dar no sino das torres, e eu entrando em casa de Lúcia.

Tinha refletido: essa amizade não podia continuar; se havia de desatar mais tarde, depois de me ter feito curtir mil dissabores, bom era que cessasse desde logo. Não julgue porém que estava resolvido a separar-me por uma vez de Lúcia; minha coragem não chegava a tanto. O que eu desejava era demitir de mim um título que me esmagava na minha pobreza, o título de amante exclusivo da mais elegante e mais bonita cortesã do Rio de Janeiro.

Ela recebeu-me com brandura. Tinha os olhos rubros e pisados de lágrimas; apertando minha mão, beijou-a. Que pretendia ela exprimir com esse movimento! Seria a imagem viva da humilde fidelidade do cão, afagando a mão que o acaba de castigar?

Estivemos muito tempo sem trocar palavra.

Enfim Lúcia fez um esforço, sorriu como se nada houvesse passado, e veio sentar-se nos meus joelhos, acariciando-me com a ternura e a graciosa volubilidade que ela tinha quando o júbilo lhe transbordava d'alma. Aproveitei o momento para alijar o peso que desde a véspera me acabrunhava.

— Sabes que eu não sou rico, Lúcia!

Seu olhar luminoso penetrou-me até os seios d'alma para arrancar o pensamento que inspirava essas palavras; respondeu com um pálido sorriso:

— Pensava ao contrário que era muito rico!

Ela mentia!

— Pois pensaste mal. Sou pobre, e não posso sustentar o luxo de uma mulher como tu.

— Acha pouco o que me tem dado!

— O que dei não vale a pena de ser lembrado. Falemos do que te devia dar, e não pude, porque não tinha. Nesse mês que se passou, a tua vida não foi tão brilhante como era antes.

— Porque eu não quis, e não porque me faltasse coisa alguma. Nunca me achei tão rica como agora.

— Não tens sido vista nos teatros e passeios; já não tens um carro; não és enfim a mulher do tom que eu ainda conheci!

— Aborreci-me de tudo isso!

— Não te podes aborrecer sem que o mundo repare!

— Como! Não sou senhora de viver a meu modo, desde que com isso não faço mal a ninguém? Se apareço, é um escândalo; se fico no meu canto, ainda se ocupam comigo.

— Que queres! Há certas vidas que não se pertencem, mas à sociedade onde existem.[1] Tu és uma celebridade pela beleza, como outras o são pelo talento e pela posição.

---

[1] Paulo submete-se ao jogo social. Mesmo sabendo que Lúcia é capaz de tudo pelo seu amor, o rapaz se envergonha do que a sociedade possa pensar dele.

O público, em troca do favor e admiração de que cerca os seus ídolos, pede-lhes conta de todas as suas ações. Quer saber por que agora andas tão retirada; e não acha senão um motivo.

— Qual? — perguntou Lúcia com ansiedade.

— Supõe que eu te sacrifico aos meus ciúmes; e não me perdoa, porque não sou bastante rico para ter semelhantes caprichos.

— É isso que o incomoda! Meu Deus! Fique descansado: terei carro, aparecerei como dantes! Hoje mesmo!... Verá! Não sabe quanto me custa esse sacrifício; mas um só beijo me paga com usura!

Estalou o lábio entre os meus.

— Precisava dele para me dar coragem; agora sinto-me forte.

— Aonde vais? — perguntei retendo-a.

— Vou mandar a cocheira ver o meu carro; escrever à Gudin que me faça uma dúzia de vestidos os mais ricos; dizer ao caixeiro do Wallerstein que me traga para escolher o que ele tem de melhor em modas chegadas ultimamente! É verdade, esquecia-me de mandar tomar uma assinatura no teatro lírico, e encomendar uma nova parelha de cavalos. A minha caleça já está usada; preciso trocá-la por uma *vitória*, e renovar o fardamento dos criados. Até à noite tenho tempo para tudo. O Jacinto se incumbirá de uma parte das comissões.

Olhei para Lúcia; ou está louca, ou zomba de mim, foi a minha primeira ideia, ouvindo a sem-cerimônia e o desplante com que ela decretava um orçamento de despesa que faria estremecer o mais pródigo financeiro.

— Espera, Lúcia!

— Ainda não é bastante? Que hei de fazer mais? — disse com um gesto de cômico desespero. — Ah! Mandarei arranjar de novo a minha casa, e darei um baile! Que diz!

— Farás o que for do teu gosto!

— Do meu!...

— Goza da tua mocidade, é justo: tu podes e deves fazer; mas como só eu venho à tua casa e todo o mundo sabe que não sou milionário, compreendes que, se isso continuasse, suspeitariam, diriam mesmo, se já não disseram, que vivo à tua custa!

Lúcia ficou lívida; tinha compreendido.

— Então não posso dar-me a quem for de minha vontade?

— Quem diz isso? Eu é que não te posso aceitar por semelhante preço. À custa da honra... é muito caro, Lúcia!

— Ah! esquecia que uma mulher como eu não se pertence; é uma coisa pública, um carro da praça, que não pode recusar quem chega. Esses objetos, esse luxo, que comprei muito caro também, porque me custaram vergonha e humilhação, nada disso é meu. Se quisesse dá-los, roubaria aos meus amantes presentes e futuros; aquele que os aceitasse seria meu cúmplice. Esqueci que, para ter o direito de vender o meu corpo, perdi a liberdade de dá-lo a quem me aprouver! O mundo é lógico! Aplaudia-me se eu reduzisse à miséria a família de algum libertino; era justo que pateasse se eu tivesse a loucura de arruinar-me, e por um homem pobre[1]. Enquanto abrir a mão para receber o salário, contando os meus beijos pelo número das notas do banco, ou medindo o fogo das minhas carícias pelo peso do ouro; enquanto ostentar a impudência da cortesã e fizer timbre da minha infâmia, um homem honesto pode rolar-se nos meus braços sem que a mais leve nódoa manche a sua honra; mas se pedir-lhe que me aceite, se lhe suplicar a esmola de um pouco de afeição, oh! então o meu contato será como a lepra para a sua dignidade e a sua reputação. Todo o homem honesto deve repelir-me!

Impetuosas como a torrente que borbota em cachões, ardentes como as bolhas d'água em plena ebulição, essas palavras se precipitavam dos lábios de Lúcia, em tropel e quase sem nexo. Às vezes de tão rápidas que vinham lhe tomavam a respiração, e parecia que a estrangulavam. Até que por fim um soluço cortou-lhe a voz; o seio ofegou como se o coração lhe quisesse saltar com o último grito de indignação de sua alma ofendida.

Que responder àquela lógica inflexível da paixão fazendo justiça aos prejuízos sociais? Nada. Calei-me, irritado contra os estímulos nobres que recebemos na infância e não nos permitem praticar cientemente um ato de que devamos corar.

— Tu me fazes arrepender da minha franqueza, Lúcia! — disse passado um momento. — Preferias que deixasse de ver-te?

— Não! Antes assim! O senhor quer!... Será feita a sua vontade! Terei amantes!

Saiu arrebatadamente e fechou-se no toucador.

Voltei, refletindo se o que tinha feito era realmente uma ação digna, ou uma refinada cobardia; servilismo à inveja e malevolência social, que se decora tantas vezes com o pomposo nome de opinião pública.

Às três horas da tarde passando pela Rua do Ouvidor, vi Lúcia na casa do Desmarais, cercada por uma grande roda, na qual eu distingui logo o Sr. Couto e o Cunha.

Lúcia estava rutilante de beleza; a sua formosura tinha nesse momento uma ardentia fosforescente que eu atribuí à irritação nervosa da manhã. O orgulho e o desprezo vertiam-lhe de todos os poros, nos olhos, nos lábios, nas faces e no porte desenvolto. Ela flutuava numa atmosfera maléfica para o coração, que, entrando naquela zona abrasada, sentia-se asfixiar. A roda elegante festejava o astro que surgia, depois do seu eclipse passageiro, mais que nunca brilhante.

Atirando a réplica viva e incisiva a todos os adoradores que a cortejavam; escarnecendo da fineza, e fazendo ressaltar a zombaria contra o que a lançara, Lúcia, com a mesma liberdade que teria em sua casa, continuava a escolher na grande exposição de objetos de fantasia que cobria os balcões.

Que sentimento me obrigava a parar na loja para seguir com os olhos essa mulher, à posse exclusiva da qual eu acabava de renunciar? Que motivo estranho, vendo-a agora cercada de apaixonados, me fazia sofrer, a mim que não havia duas horas tinha assistido friamente à explosão violenta da sua cólera?

---

1 Note bem esse diálogo de Lúcia, a lucidez com que ela compreende seu papel social e a hipocrisia do meio, o qual aprova que uma mundana arruíne um milionário, mas que despreza o amor desinteressado da cortesã.

Lúcia me viu, porém não me deu atenção. Dirigiu-se ao Couto; trocando com ele algumas palavras em segredo, voltou para o caixeiro e declarou que comprava os objetos apartados, cujo preço lhe seria enviado no dia seguinte.

Vendo gesto significativo do Couto ao dono da loja, como eu, todas as pessoas presentes ficaram persuadidas que da bolsa do velho saía o dinheiro que ela acabava de atirar a mancheias de uma a outra ponta da Rua do Ouvidor.

Felizmente para mim, que já não me podia conter, o suplício terminou. Ela retirava-se. Passando junto de mim cortejou-me, e disse em voz baixa:

— Está satisfeito?

O sorriso em que ela envolveu essas palavras, caiu, se me posso assim exprimir, como a dobra de uma mortalha; tal foi a súbita lividez que lhe cobriu o rosto, e o desânimo que abateu o seu corpo.

O Couto apressou-se a oferecer-lhe a mão para ajudá-la a entrar no carro.

— Até logo! — disse-lhe ela bem alto.

Podia-me restar a menor dúvida? Lúcia era amante do Couto.

Enquanto acompanhava com os olhos a cortesã desprezível que se balançava lubricitante no seu novo carro, insultando com o luxo desmedido as senhoras honestas que passavam a pé, sabe de que me lembrei? Não foi da ceia em casa de Sá, nem do mês que acabava de passar; foi unicamente da suave aparição da Rua das Mangueiras no dia da minha chegada. São extravagâncias da memória. Quem conhece o fio misterioso que leva o pensamento através do labirinto do passado a uma lembrança remota?

— Rei morto, rei posto! — disse-me o Cunha, que chegara à porta para ver Lúcia entrar no carro.

— Não sei a que se refere!

— Referia-me, Sr. Silva — continuou apontando para o carro que ainda aparecia —, àquele trono de sedas e veludos que vagou esta manhã, e que uma hora depois já estava preenchido.

— Enganou-se, Sr. Cunha — respondi no mesmo tom de gracejo —, fui apenas regente durante uma curta vacância.

— Pois não é isso o que se dizia.

— O que se dizia então? — repliquei tornando-me sério, porque as palavras de Sá me acudiram ao pensamento.

— Dizia-se que o senhor mudara o sistema de governo daquele estado, e sucedera na qualidade de autocrata aos reis constitucionais, como eu tive a honra de sê-lo em certo tempo.

— O que entende por autocrata, Sr. Cunha?

— Perdão: vejo que toma ao sério um gracejo. Mudemos de assunto; não desejo ofendê-lo.

O Couto, que nos ouvia de princípio, interveio na conversa.

— A significação da palavra é bem clara, Sr. Silva — disse com o seu fátuo sorriso.

— Se o Sr. Couto quisesse fazer-me o favor de explicá-la! Tenho a inteligência embotada.

O velho calou-se com visível embaraço. Continuei pesando as minhas palavras:
— O senhor quer talvez lembrar-me que os autocratas têm o costume de tiranizar os povos e vexá-los de imposições; razão por que os povos, quando os expulsam, se tornam excessivamente exigentes para com os truões que lhes sucedem. Não é isso? Diga-me por obséquio: não faz ideia da ansiedade com que procuro desde ontem um homem que tenha a coragem de repetir-mo em face!
— Ora, o senhor está brincando!
E o Sr. Couto fez-me uma profunda cortesia, e saiu empertigando-se mais que de costume.
Voltei-me para o Cunha.
— Bem dada lição! — disse, estendendo-me a mão.
Decididamente não havia meio de brigar; o homem que eu procurava fugia-me como uma sombra.

13

À noite, quando dei por mim, subia as escadas de Lúcia. Se alguém me perguntasse o que ia fazer, ficaria bem embaraçado para responder e bem admirado da pergunta. Tinha passado o resto do dia a atordoar-me, a fazer esforços inúteis para expelir da ideia uma lembrança que me afligia; à noite não pude resistir: senti uma necessidade invencível de ver aquela mulher, que eu já aborrecia.
Tinha-a eu amado para ter o direito de odiá-la.
Lúcia estava no toucador, acabando de vestir-se. A minha entrada lhe causou alguma surpresa. O acolhimento que me fez foi triste, mas doce e afável.
— Cometi uma indiscrição talvez, usando da liberdade que me deu outrora.
— Quem fez do presente um passado já tão remoto? Não fui eu! Mas fique certo que esta casa, hoje, como ontem, como amanhã, não tem para o senhor nem portas, nem paredes.
— Renuncio de bom grado a tanta honra; prefiro esperar no topo da escada, a correr o risco de uma surpresa ridícula para ambos.
Lúcia fitou-me por muito tempo, e chegou-se ao espelho para dar os últimos toques ao seu traje, que se compunha de um vestido escarlate com largos folhos de renda preta, bastante decotado para deixar ver as suas belas espáduas, de um filó alvo e transparente que flutuava-lhe pelo seio cingindo o colo, e de uma profusão de brilhantes magníficos capaz de tentar Eva, se ela tivesse resistido ao fruto proibido. Uma grinalda de espigas de trigo cingia-lhe a fronte e caía sobre os ombros com a basta madeixa de cabelos, misturando os louros cachos aos negros anéis que brincavam.[1]

---

[1] A descrição deste vestuário de Lúcia assume aqui a própria imagem do pecado e do excesso: é um vestido escarlate, com renda preta, decotado; no colo, um tal número de diamantes que chegaria a tentar a própria Eva.

Estava excessivamente pálida, e a cor escarlate do vestido ainda lhe aumentava o desmaio; os olhos luziam com ardor febril que incomodava, e os lábios se contraíam num movimento que não era riso nem ânsia, mas uma e outra coisa. Entretanto nunca essa mulher me pareceu tão bela; a ideia de que ela se enfeitava para outro homem irritava-me a ponto que estive para precipitar-me e espedaçar, arrancando-lhe do corpo, as galas que a cobriam.

— Ainda não a felicitei pelo seu novo amante!
— Quem não tem o direito de escolher, aceita o primeiro que lhe chega; e o mais ridículo é sempre o melhor.
— É naturalmente para ele que está se pondo tão bonita!
— Acha que estou bonita? — perguntou com o sorriso que deve ter o condenado para o sol nascente que vem alumiar o seu suplício.
— Nunca a vi tão fascinadora, nem vestida com tanto primor. Ele merece.
— Dizem que outrora ornavam-se as vítimas para o sacrifício.
— Isso foi outrora; mas hoje que os sacrifícios são incruentos, a vítima orna-se para o sacrificador; também em vez do sangue daquela, é o ouro deste que corre nas aras consagradas ao prazer.[1]

Lúcia quis responder-me, mas reprimiu-se a tempo de sorver a palavra que já lhe espontava no lábio. Foi uma coisa que notei desde que começaram as nossas relações: esse espírito mordaz e cintilante, esse verbo rápido que não deixava sem resposta nem um motejo, se ofuscava sempre e emudecia diante de mim.

— Pode-se saber onde vai, se não é segredo? Dirige-se talvez ao templo do sacrifício.
— Vou ao Paraíso.

Tão alheio andava eu deste mundo fluminense! Nem sabia que naquela noite havia um baile público.

— Ah! vais ao baile! Então não se demore; são horas.
— Estou à espera de alguém.
— Diga do Sr. Couto; já não é segredo. E agora me lembro, a minha presença aqui pode comprometê-la; eu me retiro.
— O senhor está na minha casa; não a chamo sua para não ofendê-lo.
— Ou para que não me venham tentações de ficar.
— Quem lhe impede?
— Deveras!... Seria agradável para a senhora deixar um paciente em casa contando as horas, enquanto vai ao baile exibir a sua nova conquista, e arrular pombinhos nalgum hotel de Botafogo. Na volta esse paciente pode servir para apagar o fogo que as brumas do inverno apenas sopraram. Infelizmente, por mais inocente que seja esse pequeno manejo, não estou disposto a prestar-me a ele.

---

1 Lúcia compara-se a uma vítima enfeitada para o sacrifício. Paulo, cínico, comenta que nos sacrifícios de hoje o sangue da vítima é substituído pelo ouro do sacrificador. Ele está se referindo ao fato de Lúcia submeter-se ao dinheiro.

— Que gosto tem em me estar assim torturando! O senhor sabe que por mais cruel que seja a sua zombaria, não sei retorquir-lhe! Não quer que eu saia de casa? Basta-lhe dizer uma palavra!

— E a senhora ficaria?

— Duvida!

Com um movimento rápido, Lúcia correu a mão pelos cabelos, e o seu penteado desfez-se como por milagre, deixando cair a grinalda aos pés e rolar as tranças pelas espáduas.

Ouviu-se rumor de passos na sala.

— Não faça isso!... Aí está o Couto; ele vai ficar furioso e com razão! Pode dar algum escândalo! — disse escarnecendo.

A um sinal de sua senhora, a escrava de Lúcia abriu a porta ao Couto, que entrou sem me ver.

— Ainda neste estado!... Se eu adivinhasse, tinha trazido o cabeleireiro para penteá-la.

— Não se precisa aqui dessa gente! — murmurou Joaquina.

— Pois faz a tua obrigação, penteia tua senhora; e se andares depressa, terás uma boa molhadura.

— Não vou ao Paraíso! — disse Lúcia friamente.

— Como, minha amiga! Que capricho é esse! O baile deve estar brilhante. O que há de mais chibante na corte lá se achará essa noite. Faze ideia! Venderam-se todos os bilhetes! Tão cedo não teremos outro baile como esse! Bem sabes que são raros no Rio de Janeiro.

— Prefiro ficar em minha casa. O Sr. Silva toma chá comigo; estaremos sós e conversaremos mais à vontade.

Foi então que o Sr. Couto me viu sentado no sofá; dessa vez não me cumprimentou. Era demais.

— Então é esse o motivo por que não vai ao baile! E foi para isso que me mandou chamar e me fez acompanhá-la essa manhã pela Rua do Ouvidor? O meio é engenhoso! Finge-se um arrufo, e põe-se o amor em leilão a quem mais der.

— Uma infâmia de mais ou de menos para quem já perdeu a conta, vale a pena que se ocupem com ela? Não vou ao teatro, repito; e peço-lhe que me deixe tranquila.

O Couto fez um gesto soberbo, e uma saída teatral.

Tinha assistido mudo e com aparente indiferença a esse incidente; mas que rápida sucessão de sentimentos houve no meu coração! À vaidade de ver Lúcia ceder pronta e espontaneamente a um desejo meu apenas suspeitado, sucedeu o prazer da humilhação do Couto em minha presença. Depois, quando o velho libertino revelou o procedimento vil da cortesã, e esta com toda a desvergonhez apanhou a lama em que patinhava para lançá-la ao seu parceiro, senti, com o asco e o vexame de achar-me ligado a tanta miséria, um consolo imenso das torturas que sofrera naquele dia. Esses dois entes são dignos um do outro, murmurou minha alma ao coração ainda magoado!

Mas restava uma última emoção. Reatar as relações quebradas dessas duas criaturas; entregá-las uma à outra como presas destinadas a saciar a cupidez e a lascívia uma da outra; jungir o vício ardente e moço ao vício enregelado e decrépito; fazê-los arrastar na mesma canga a crápula ignóbil, ferroando-os com o aguilhão do meu sarcasmo: seria a minha vingança.

Vingança de quê? Tinha-me essa moça ofendido para assanhar em mim o ódio e os instintos perversos do coração humano? Não era eu a causa única de tudo o que se passava?

A razão dormia naquele momento. Ordenei à escrava que chamasse o Couto em nome da senhora: e o fiz com tanto império que ela obedeceu-me apesar do gesto de Lúcia.

Então voltei-me para esta:

— Agradeço-lhe muito a fineza; mas é um sacrifício que não tem o direito de fazer, e que eu não terei decerto o desfaçamento de aceitar. Esta noite a senhora não se pertence: é um objeto, um bem do homem que a vestiu, que a enfeitou e cobriu de joias, para mostrar ao público a sua riqueza e generosidade.

— A mim?... — exclamou Lúcia indignada, e continuou com sorriso amargo: — Pois sim, roubei-o! E ele deve agradecer-me; porque assim leva a honra intata!

— A senhora vai ao baile!

— Morta podem levar-me; viva não.

— Então expulsa-me da sua casa. Sabe o que esse velho palhaço, que é hoje seu amante, pensava essa manhã, sem ter a coragem de o dizer? Que eu a havia desfrutado corpo e bens durante as nossas relações; e por isso era tempo da senhora indenizar-se do prejuízo! Não basta! É preciso que ele pense ainda que este pretendido arrufo foi um expediente engenhoso da minha parte para encher o cofre que esgotei![1]

Lúcia não me respondeu uma palavra; com a mesma vivacidade que pusera em desfazer o seu penteado, arranjou-o de novo sem alinho; e voltou-se para mim de olhos baixos e submissa, como uma escrava que esperasse a última ordem do senhor.

Que miserável animalidade havia em mim naquela noite! Quando essa pobre mulher atingia o sublime do heroísmo e da abnegação, eu descia até à estupidez e à brutalidade!

— Pois realmente capacitou-se de que eu podia ter ciúmes de um Couto! Que extravagância! Nem dele, nem de qualquer outro! Era preciso que tivesse um ciúme bem elástico para poder abarcar todos os que a senhora distinguiu e há de distinguir com os seus favores! Fique sossegada: virei alguma vez colher a minha flor; mas em ocasião que não perturbe os seus bucólicos amores. Então me contará os ridículos de seu velho amante, e afianço-lhe que passaremos uma hora divertida, rindo-nos à custa do próximo: salvo, bem entendido, a cada um de nós o direito de rir-se interiormente do outro.

— Duas vezes no mesmo dia! É muito, meu Deus! — exclamou Lúcia tragando um soluço.

---

[1] O comportamento de Paulo denota a total submissão ao que a sociedade possa pensar dele. Cobra da amante uma atitude: Lúcia deve ir ao baile, para que ninguém pense que ele a esteja explorando ou inventando um arrufo (briga) de modo a arrancar dinheiro do Couto.

O Couto entrava morno e carrancudo.
— A senhora arrependeu-se; e está pronta a acompanhá-lo ao baile.
— E ao senhor é que devo agradecer essa resolução repentina?
— O senhor... O senhor só tem que me agradecer uma coisa: é a minha paciência. Quanto ao baile, a senhora é livre, e eu não tive parte nem na sua recusa de há pouco, nem na sua aceitação de agora.
— Se assim não fosse, rejeitaria o favor.
— Pois saiba que vou a esse baile — disse Lúcia —, unicamente porque o Sr. Silva me ordenou; e devo obedecer-lhe.
O Sr. Couto procurou o lenço e não acertou com o bolso da casaca.
— Não se esqueça de deitar um pouco de carmim! — disse eu a Lúcia despedindo-me. — Está horrivelmente pálida.
Ela sorriu.
— Não faz mal! Julgarão que passei a noite de ontem nalguma orgia! Faz seu efeito!
Nesse momento a mucama lhe apresentava as luvas e o leque, o mesmo do nosso primeiro encontro, e que ela costumava trazer sempre. Lúcia recuou como se uma áspide a quisesse morder.
— Esse não!
Cuida que a minha raiva brutal ficou satisfeita?
Entrei no baile aspirando no ar um faro de sangue. É verdade, tinha frenesi de matar essa mulher; porém matá-la devorando-lhe as carnes, sufocando-a nos meus braços, gozando-a uma última vez, deixando-a já cadáver e mutilada para que depois de mim ninguém mais a possuísse.
Ela lá estava sempre bela, sempre radiante. Júbilo satânico dava a essa estranha criatura ares fantásticos e sobrenaturais entre as roupas de negro e escarlate.
Junto dela descobri a Nina, que apesar da sua graça, desaparecia completamente naquela zona que Lúcia deslumbrava com a sua reverberação. Mas eu que via com os olhos do despeito, percebi-a imediatamente.
Nina sabia das nossas relações, e ignorava ainda o desenlace muito recente. As minhas pretensões deviam pois ter para ela o encanto que acha toda a mulher em afligir outra que lhe é superior pela graça e formosura; assim explicam-se os avanços de amabilidade que me fez à custa de algum crédulo e paciente admirador; deu-me uma entrevista em sua casa depois do baile.
Mas esse favor, discretamente concedido, não me servia; era preciso que mais alguém o soubesse.
— Então, uma hora depois do baile? — disse eu alçando a voz.
— Sim; mas segredo! — respondeu Nina, levando o dedo à boca.
— Estará só? — perguntei para mais fazer ainda ouvir a minha fala.
Nina fez um momo gracioso; os ombros de Lúcia agitaram-se com um tremor nervoso.
Não conheço mais estúpido animal do que seja o bípede implume e social, que chamam homem civilizado.

Na véspera era feliz. Estava numa brilhante reunião, onde se achavam talvez as mais bonitas senhoras do Rio de Janeiro. Observando-as com o culto do belo e a religião da mulher, que é inata em mim, conhecia que em graça e atrativos não tinha que invejar ao mortal ditoso a quem elas abandonassem um dia os primores de sua mocidade. Mais linda que todas, uma mulher me esperava, que em troca da pureza que não tinha, me guardava seus imensos tesouros de voluptuosidade; ela me esperava cheia de mim; e para não deixar-me um instante, me acompanhara de longe com os olhos através do mundo que fechara-lhe as suas portas.

Bastou uma palavra, um sentimento de convenção, para que o meu orgulho destruísse a felicidade que as suas mãos delicadas tinham tecido com tanta paciência e esmero. E como remate da minha demência, depois de haver torturado aquela pobre mulher, depois de a ter insultado cobardemente, acabava de entregá-la a um velho histrião, para agarrar-me à fralda da primeira saia que passava pelo meu caminho. E eu considerava isso a minha vingança![1]

Como tinha razão o poeta que chamou o homem um menino corpulento — *puer robustus*!

14

Foi uma noite horrível.

O baile terminara às duas horas. Lúcia assistira até o fim, o que ainda mais me irritou, porque eu desejava triunfar com a sua saída precipitada, depois do desprezo que lhe mostrara. "Se ela se retirasse, pensava eu, correria à sua casa para pedir-lhe perdão." Mas não acredite que o fizesse; procederia com o mesmo orgulho estúpido que me dominou no momento em que ela despediu o Couto e renunciou ao baile para ficar comigo.

Na retirada o velho esperava-a na porta, e partiram ambos de carro.

"Está acabado! disse comigo. Não pensemos mais nisso."

Porém não era coisa fácil apagar no meu espírito a profunda impressão que aí deixara gravada a imagem de Lúcia. Tomei o braço do Rochinha, que encontrei ao sair, e fomos cear no primeiro hotel que encontramos aberto. Em qualquer outra ocasião esse moço me enjoaria com a sua afetada decrepitude moral; nesse momento era um homem que podia falar-me de Lúcia e dizer mal dela.

Com efeito o Rochinha contou-me diversas anedotas escandalosas da vida de Lúcia; e concluiu dizendo:

— Não acredito ainda que esse Diógenes do Couto seja seu amante.

— Ouvi-a confessar esta noite mesmo. Saíram juntos do baile.

---

[1] Ao rememorar os acontecimentos do passado, o narrador se permite tecer considerações morais e reflexivas. Os fatos *em si* são desesperadores e cruéis; o remorso aponta para um homem que, apesar de agir mal, tem caráter bondoso o suficiente para se arrepender.

— Pois admira-me; porque há muito tempo que ele a persegue debalde. Lúcia tinha-lhe tal birra, que no dia em que o via, ficava de um humor insuportável.

— São coisas que passam. O velho abriu os cordões da bolsa; e o motivo da antipatia desapareceu.

— Pode ser que ela esteja agora em crise financeira; mas asseguro-lhe que a questão não era de dinheiro, não. O Couto, como todos os velhos gamenhos que compram o amor, à hora certa, é mais que generoso, é pródigo; vi-o oferecer a Lúcia somas fabulosas que ela rejeitava sempre e com desprezo.

Essas palavras me consolaram. Uma débil esperança espontou-me no coração; corri à casa de Lúcia.

A porta ainda estava aberta; Lúcia não tinha voltado! Eram perto de três horas e meia, naturalmente estava em casa do Couto.

Pus-me a passear na calçada; ao surdo rodar de um carro que passava longe, aplicava o ouvido para conhecer se ele se aproximava; o rumor se desvanecia e com ele minha esperança, para ressurgir de novo, e de novo extinguir-se. Nessas alternativas sem repouso vi os primeiros clarões do dia.

Dirigi-me tristemente para o hotel e dormi, porque a fadiga me vencia.

Eis qual tinha sido a minha noite; o acordar não foi menos cruel. Sucede com as feridas d'alma o mesmo que às feridas do corpo: é quando elas esfriam, que a dor se torna aguda e lancinante. Lembrei-me do que sucedera; repassei uma a uma as circunstâncias do dia anterior; reconheci a minha grosseira imbecilidade; e a consciência de que eu tinha sido o mais culpado, devia dizer o único, exacerbava o meu sofrimento.

E essa pobre moça, a Nina, inocente da minha loucura, que talvez por meu respeito perdera o seu amante? Era a primeira vez, desde que a deixara, que me recordava dela. Devia-lhe uma desculpa; e como não tinha outra coisa que fazer, aproveitei esse pretexto para sair.

Pensava, chegando à casa de Nina, encontrar um rosto fechado, um momo despeitado, e um bom-dia atirado da ponta de um beiço desdenhoso. Qual não foi portanto a minha surpresa vendo-a precipitar-se para mim, abraçar-me com ímpeto, e atirar-me de repente pela testa e pelo rosto uma chuva de carícias que me azoou.

Afinal consegui desprender-me dos braços que me enlaçavam; ia pedir uma explicação, quando Nina atalhou-me:

— Estou muito zangada com o senhor! — disse com ar que exprimia inteiramente o contrário. — Fazer-me esperar até não sei que horas!

— Confesso que cometi uma falta; mas há de me desculpar.

— Ah! Cuida que a pulseira que me mandou paga o prazer de sua companhia! Enganou-se!...

— A pulseira! — balbuciei sem compreender.

— É linda que faz gosto. Não há segunda: a Lúcia não tem melhor. Também o senhor nem sabe como lhe agradeço.

E um novo granizo de beijos ia cair sobre mim; mas desta vez desviei-me a tempo.

— Está gracejando! Que quer dizer isso?

— Ora, faça-se desentendido! Já não se lembra de que me mandou pelo seu criado esta manhã?

Julguei que a moça tinha perdido a cabeça, ou que eu sofria uma mistificação.

— Ah! Percebo! — exclamou Nina que de seu lado também me considerava com surpresa. — Queria achar-me com ela! Tem razão.

Saiu e logo voltou trazendo um cartão meu e uma caixa de joia que eu abri precipitadamente. Tinha reconhecido a pulseira de brilhantes que dera a Lúcia no dia seguinte à ceia do Sá.

Entrei no primeiro tílburi que passou, e atravessei as ruas a galope.

Lúcia estava atirada a um sofá de bruços nas almofadas que escondiam-lhe o rosto. Tinha o mesmo vestido de seda escarlate que levara ao teatro, porém amarrotado, com as rendas despedaçadas e os colchetes arrancados da ourela, onde se viam os traços evidentes das unhas. Os cabelos em desordem flutuavam sobre as espáduas nuas; a grinalda despedaçada, o leque e as luvas jaziam por terra; numa cadeira ao lado estavam amontoadas todas as suas joias.[1]

Vendo-me, ergueu-se de um salto e quis precipitar-se para mim; porém decerto o meu olhar cru a conteve, porque deixou-se cair sentada sobre o sofá em que estava. Sentei-me também, e incomodado; viera com uma cólera violenta; mas começava a sentir-me mau e pequeno diante dessa mulher sublime nas suas paixões. O seu rosto pisado, os olhos injetados de sangue e febricitantes ainda aumentaram o meu vexame.

Peguei maquinalmente nas joias que estavam sobre a cadeira.

— Estas joias são de muito valor!... Mas falta aqui uma, a mais insignificante! Não era digna por certo de brilhar no seu braço; atirou-a de esmola a alguma mendiga, e deu uma lição ao bobo que teve a ousadia de oferecer-lhe semelhante miséria. Aquilo quando muito, é o preço de uma noite de qualquer mulher à-toa, da Nina por exemplo.

Ela tinha-se erguido trêmula; e foi-se a pouco e pouco retraindo até cair de joelhos.

— Foi uma loucura, e eu mereço toda a sua cólera. Mas para que me fazer penar assim, meu Deus! Que prazer lhe podia dar essa mulher?... Não me tinha a mim? Uma escrava humilde, pronta para lhe obedecer, e que em paga de tanta submissão só lhe pedia que a não expulsasse!

— E a senhora não chamou um velho desprezível para sua casa?

— É tão diferente! Eu! Não fui atirada contra minha vontade à lama de que desejava erguer-me? Recuando ainda, não fui à noite repelida cruelmente e lançada nos braços desse homem, que no meu desespero eu procurei, por ser mesmo o ente mais vil e ignóbil que eu conheço; pois era preciso que o suplício fosse bastante violento para matar-me logo, e sem lenta agonia! No baile, apesar de tudo, não esperei uma palavra, um sinal para correr a seus pés, e suplicar-lhe como agora o meu perdão!

---

1 Observe a descrição da roupa de Lúcia e sua transformação, símbolo da desolação que passava pela alma da mulher. É como se ela tentasse destruir, em seu corpo, as marcas do luxo e da depravação.

Lúcia pousou a cabeça sobre os meus joelhos, sufocada pelo pranto; e eu não a ergui logo e não a apertei ao meu seio, porque achei-me tão infame a par dessa mulher, que sentia um vexame insuperável. Por fim levantei-a nos meus braços, e confesso que foi corando de vergonha.

— Quem deve pedir perdão desta como de todas as vezes, Lúcia, sou eu: mas não o mereço, não.

— Basta! Já me falou como outrora! Disse o meu nome! Que mais quero eu saber? Esqueci tudo.

— Deixa-me falar; não me interrompas. Sou um miserável, indigno de ti. Eu só com o meu orgulho estúpido fui causa do que temos sofrido; mas é justo que a punição recaia sobre mim unicamente. Se a ideia de que tive um instante aquela mulher, te aflige, expele a lembrança desse mau sonho; pisei em sua casa pela primeira vez hoje, há meia hora. Vi a pulseira, compreendi tudo, e corri até aqui!

Que êxtase de bem-aventurança foi o de Lúcia quando ouviu a confissão que eu lhe fazia! A mulher quebrada de fadiga, prostrada por uma noite de vigília e de violentas emoções, transfigurou-se de repente: o anjo de suave beleza surgiu na sua auréola luminosa, ao bafejo de uma felicidade celeste.[1]

— Passei essa noite — continuei — cheio de teu pensamento e de tua imagem. Às duas horas estive aqui, não te disseram? Esperei-te passeando na calçada até quase ao amanhecer; e as torturas que eu sofri é impossível dizer. Mas eu a procurei; não me posso queixar de ti, não tenho que pedir-te contas! Fui eu que te arrastei à força, louco que eu estava.

— Não fale mais nisso! Acabou; foi um pesadelo que tivemos. Esqueça tudo! Eis o que vai apagar para sempre essa lembrança importuna.

Dizendo isso Lúcia estendeu-me o lábio risonho; eu recuei como se visse por entre o carmim brilhar o dente de uma víbora. Ela empalideceu.

— Nunca mais, eu juro, Lúcia, tu me ouvirás as palavras que ontem te disse; nunca mais também me verás rejeitar por causa das calúnias de alguns miseráveis as provas de tua afeição. Mas esse beijo, agora!... Não! não o posso aceitar; e não me perguntes a razão!

Lúcia cobriu-me com um olhar límpido, raio de luz de sua alma; o seu sorriso era sublime de candura.

— Aquele homem não tocou no meu corpo, porque até a mão que roçou na sua, estava calçada com essa luva, que eu já despedacei — disse estendendo a ponta do pé. — Mas tem razão, bastava o seu hálito para manchar. Olhe para mim. Quando eu despir essa roupa, despirei trapos que para nada servem!

Foi então que reparei na desordem de seu traje.

— Não me enganas, Lúcia?

---

1 Agora Lúcia é apenas anjo, e não Lúcifer, ao perceber que Paulo agia por ciúmes e desespero e não havia passado a noite com Nina.

— Que juramento quer que lhe dê? O mais sagrado!... Se não fosse assim, teria ânimo de falar-lhe, de vê-lo ainda! Também eu, não sabe? Estive na rua até quase ao amanhecer, olhando a casa onde supunha que o senhor apertava nos braços outra mulher! Não se morre de dor, porque eu não morri essa noite!

— Não me devias dizer semelhante coisa para me punir!

Fui eu que procurei o lábio que ela há pouco me oferecera.

— Espere!...

Lúcia demorou-se algum tempo. Quando apareceu, saía do banho fresca e viçosa. Trazia os cabelos ainda úmidos; e a pele rorejada de gotas d'água. Rica e inexaurível era a organização dessa moça, que depois de tão violento abalo parecia criar nova seiva e florescer com o primeiro raio de felicidade!

Fora o acaso ou uma doce inspiração, que arranjara o traje puro e simples que ela trazia? Tudo era branco e resplandecente como a sua fronte serena: por vestes cassas e rendas; por joias somente pérolas. Nem uma fita, nem um aro dourado, manchava essa nítida e cândida imagem. Creio antes na inspiração. Lúcia tinha no coração o germe da poesia ingênua e delicada das naturezas primitivas, que se revela por um emblema e por uma alegoria. Ela me dizia no seu traje, o que nunca se animara a dizer-me em palavras, que estava tão pura como eu a tinha deixado, do contato de outro homem.

Lúcia expandia-se com tal efusão de contentamento, que, se há felicidade neste mundo, devia ser a que ela sentia. Entretanto, passada essa primeira e fugace irradiação, achei-a fria, quase gelada; apenas respondia às minhas carícias ardentes e impetuosas. Naquele momento atribuí à prostração natural depois de tão fortes emoções; porém me enganava.

A frieza continuou aumentando de dia em dia, até que uma vez não me pude conter:[1]

— Parece-me que já te aborreceste de mim, Lúcia!

— Creio que estou doente! sofro tanto!

— De quê? Dessa moléstia do coração de que já me falaste?

Fugiu-lhe pelos lábios um sorriso sinistro.

— Sim; dessa moléstia do coração que me há de matar!

E então, como para desvanecer a impressão que me deixara a sua frieza, atirava-se aos meus braços com uma espécie de frenesi; mas a sua ternura tinha um desabrimento e rispidez que me lembravam as palavras de Sá, e as impressões acres da primeira vez que possuíra essa mulher.

A minha Lúcia dos bons dias, que aveludava-se no estreito enlace com que me cerrava ao seio, que diluía-se de gozo engolfando-me num mar de voluptuosidades, que aspirava-me a vida num beijo para vazá-la de novo e gota a gota; essa, eu só revia nas minhas doces recordações; porque a realidade fugia-me, quando a buscava com desespero.

---

[1] Outro indício de mudança na personalidade de Lúcia. Na página 63, o narrador afirma que a moça não mais se mostrava nua diante dele. Agora, com o passar do tempo, ele a acha fria e distante.

Esqueci-me de lhe contar um incidente que se passou na mesma manhã da nossa reconciliação. Quis sair um momento para ir pagar as dívidas que Lúcia fizera na véspera.

— Já estão pagas! — me respondeu sorrindo e mostrando os recibos.

— Por quem? — perguntei com severidade.

— Por mim! Quem, senão eu, tinha o direito de pagá-las?

— Mas ontem o Couto te acompanhava...

— O senhor queria que eu tivesse amantes! — disse Lúcia entristecendo. — Mandei chamar esse velho. Não sabe por quê?... Antes quereria dar-me a um escravo, do que vender-me a ele por todo o ouro deste mundo!

— E a tua pulseira? Ficarás sem ela?

— Psiu! — fez Lúcia levando o dedo à boca e baixando a voz. — Não fale mais nisso! Deixa-a ir; queimava! Ficou-me a sua lembrança!

Tirou então o adereço de azeviche que eu lhe tinha dado.

— Apareceu enfim!

— Ainda não se passou um só dia sem que o trouxesse uma hora pelo menos.

— Nunca te vi com ele.

— Não se lembra do motivo?... Agora já não preciso escondê-lo! Vale os brilhantes que perdi.

Desde então realmente a sua predileção por aquelas joias tornou-se uma espécie de fetichismo para esse coração, que, por muito tempo ermo e vazio, sentia ardente sede de afeição.

15

Decorreram vinte dias.

Chegando uma tarde vi Lúcia assustar-se e esconder sob as amplas dobras do vestido um objeto que me pareceu um livro.

— Estavas lendo?

Ela perturbou-se.

— Não: estava esperando-o.

— Quero ver que livro era.

Meio à força e meio rindo consegui tomar o livro depois de uma fraca resistência. Ela ficou enfadada.

Era um livro muito conhecido — *A Dama das Camélias*[1]. Ergui os olhos para Lúcia interrogando a expressão de seu rosto. Muitas vezes lê-se, não por hábito e distração, mas pela influência de uma simpatia moral que nos faz procurar um confidente de nossos sentimentos, até nas páginas mudas de um escritor. Lúcia teria, como Margarida, a aspiração vaga para o amor? Sonharia com as afeições puras do coração?

---

1 Do escritor francês Alexandre Dumas Filho (1824-1895), o romance *A Dama das Camélias* (1848) trata do amor de uma cortesã, Margarida, por Armando. Margarida, apesar dos muitos amantes, só se apaixona pelo rapaz.

Ela tornou-se de lacre sentindo o peso de meu olhar.
— Esse livro é uma mentira!
— Uma poética exageração, mas uma mentira, não! Julgas impossível que uma mulher como Margarida ame?
— Talvez; porém nunca dessa maneira! — disse indicando o livro.
— De que maneira?
— Dando-lhe o mesmo corpo que tantos outros tiveram! Que diferença haveria então entre o amor e o vício? Essa moça não sentia, quando se lançava nos braços de seu amante, que eram os sobejos da corrupção que lhe oferecia? Não temia que seus lábios naquele momento latejassem ainda com os beijos vendidos?
— O amor purifica e dá sempre um novo encanto ao prazer. Há mulheres que amam toda a vida; e o seu coração, em vez de gastar-se e envelhecer, remoça como a natureza quando volta a primavera.
— Se elas uma só vez tivessem a desgraça de se desprezar a si próprias no momento em que um homem as possuía; se tivessem sentido estancarem-se as fontes da vida com o prazer que lhes arrancavam à força da carne convulsa, nunca mais amariam assim! O amor é inexaurível e remoça, como a primavera; mas não ressuscita o que já morreu.
— Pelo que vejo, Lúcia, nunca amarás em tua vida!
— Eu?... Que ideia! Para que amar? O que há de real e de melhor na vida é o prazer, e esse dispensa o coração. O prazer que se dá e recebe é calmo e doce, sem inquietação e sem receios. Não conhece o ciúme que desenterra o passado, como dizem que os abutres desenterram os corpos para roerem as entranhas. Quando eu lhe ofereço um beijo meu, que importa ao senhor que mil outros tenham tocado o lábio que o provoca? A água lavou a boca, como o copo serviu ao festim; e o vinho não é menos bom, nem menos generoso, no cálice usado, do que no cálice novo. O amor!... O amor para uma mulher como eu seria a mais terrível punição que Deus poderia infligir-lhe! Mas o verdadeiro amor d'alma; e não a paixão sensual de Margarida, que nem sequer teve o mérito da fidelidade. Se alguma vez essa mulher se prostituiu mais do que nunca, e se mostrou cortesã depravada, sem brio e sem pudor, foi quando se animou a profanar o amor com as torpes carícias que tantos haviam comprado.

Lúcia falou com uma volubilidade nervosa. Às vezes o rosto se tornava sombrio e torvo para esclarecer-se de repente com um raio de indignação, que cintilava na pupila; outras, a sua palavra sentida e apaixonada estacava no meio da vibração, afogando num sorriso de desprezo.

— E houve um homem que aceitasse semelhante amor?
— Ele também a amava; e certamente não pensava como tu.
— Mas é impossível amar uma mulher que se compra, e se tem apenas a desejam! A menos que não se ame por especulação e cálculo para obter-se de graça o que não se pode pagar.
— Seria uma infâmia! Não dês a isso o santo nome de amor.
— E podemos nós ser amadas de outro modo? Como? Arrependendo-nos, e rompendo com o passado? Talvez o primeiro que zombasse da mísera fosse aquele por quem ela desejasse se regenerar. Pensaria que o enganava, para obter por esse meio os benefí-

cios de uma generosidade maior. Quem sabe?... suspeitaria até que ela sonhava com uma união aviltante para a sua honra e para a reputação de sua família. Antes mil vezes esta vida, nua de afeições, em que se paga o desprezo com a indiferença! Antes ter seco e morto o coração do que senti-lo viver para semelhante tortura.

— Está bem: deixemos em paz *A Dama das Camélias*. Nem tu és Margarida, nem eu sou Armando.[1]

— Oh! juro-lhe que não!

Esse juramento teve uma solenidade que me pareceu caricata. Ou porque o percebesse, ou por uma das inexplicáveis transições que lhe eram frequentes, Lúcia soltou uma gargalhada.

— Realmente este livro não presta. Nem quero acabá-lo. Cometeu-se aí um sacrilégio literário.

As folhas desse primor da escola realista voaram despedaçadas pelas mãos crispadas de Lúcia, que parecia antes estrangular uma víbora, do que rasgar o livro inocente que tivera a infelicidade de irritar-lhe o humor.

Tinha ido levar a Lúcia um bilhete de teatro, que ela aceitou. As nossas relações tinham-se modificado insensivelmente, depois do choque violento que sofreram.

Há de ter visto em nossas matas algumas árvores estreitamente abraçadas pelas delgadas enrediças que lhes cingem o tronco, confundindo na mesma copa as suas folhas e flores. Um dia vem a borrasca que abala com rudeza o arvoredo: não conseguem os ímpetos da ventania quebrar os elos que prendem as duas plantas amigas; porém a enrediça deslizando inclinou para a terra. Volta a bonança: a seiva expande-se com as águas que passaram; o pâmpano tocando o chão começa se lastrar; a haste da árvore desassombrada se lança. No ano seguinte, quando de novo por aí passar, verá o tronco nu e isolado, e o verde dossel bordado de flores que o cobria se estenderá ao longe humilde e rasteiro.[2]

É a imagem fiel do que nos acontecera. O mundo soprando o seu hálito na intimidade de nossa existência não tinha podido separar Lúcia de mim; porém o estame delicado de sua vida desprendeu-se do meu seio, onde ela o escondera e abrigara. A flor mimosa de sua alma talvez sentisse que a sombra das ramas ia faltar-lhe contra os sóis abrasadores, como a proteção do tronco contra os vendavais. E inclinou-se, langue e desfalecida. Eu, que a devia erguer, não o fiz, porque também sentia o mundo que me impelia; as aspirações do futuro me chamavam à vida de estudo e trabalho.

Involuntariamente pois, sem queixas nem recriminações, apenas com uma doce saudade dos tempos que fugiam rápidos, ambos cedíamos a uma lei natural, e víamos afrouxarem os laços que nos uniam. Lúcia, sempre meiga e terna para mim, não podia já

---

1 Lúcia critica o comportamento de Margarida, de *A Dama das Camélias*. Se era cortesã, ela jamais deveria amar. E justifica: o que há de real é o prazer, e este "dispensa o coração". O amor d'alma não deveria ser misturado à "paixão sensual".
2 Repare na comparação romântica entre o afastamento dos amantes e o envolvimento entre a árvore e o pâmpano (videira).

esconder a frieza com que recebia o gozo que outrora era a primeira a provocar. Quando as minhas instâncias redobravam, ela, que a princípio se expandia entre o rubor, sorria constrangida como uma escrava submissa ao aceno do senhor.

Eu assistia em silêncio a essa transformação. Algumas vezes tentava ainda soprar naquelas cinzas para ver se ateava uma chama do intenso fogo que lavrara ali; mas esmorecia, porque já o frio me ia invadindo; e só colhia as pálidas rosas que inda espontavam breves e rápidas como flores de chuva.[1] Contudo, ou por um doce hábito, ou por uma misteriosa influência do passado, preferia a frieza dessa mulher aos transportes de qualquer beleza; guardava-lhe sem sacrifício, como sem intenção, uma fidelidade exemplar.

Não se admire pois se eu lhe disser que já não ia todos os dias à casa de Lúcia, apesar de suas instâncias; contudo sentia que a minha presença ainda lhe era agradável, e que ela a desejava, senão ardentemente, com uma doce emoção. Parecia que o prazer fugindo deixava a amizade calma e serena.

Qual era a existência de Lúcia durante o tempo que não passava em sua casa? Ignorava completamente; tinha até receio de conhecê-la; quando nalgum círculo a conversa caía sobre ela, de ordinário me retirava. Adivinha a razão. Lúcia não tinha compromissos para comigo; devia usar de sua liberdade; se eu lhe havia guardado uma fidelidade espontânea, não tinha por isso direito de exigir retribuição, sobretudo depois que minhas visitas se tornavam mais curtas e menos frequentes.

Contei-lhe tudo isso a propósito do teatro, onde nos devíamos encontrar.

Lá estava a família do Sr. R... a quem fui cumprimentar apenas caiu o pano. A mãe, absorvida por uma velha titular, que lhe contava maravilhas do teatro S. João, depois de acolher-me com a sua costumada amabilidade, deixou-me à filha, que estava desesperada por achar um cúmplice para a inocente crítica feminina. Não tendo nada que me ocupasse, entretive-me mais tempo do que era natural com essa conversa, que não deixava de ser agradável para quem aprecia como eu a botânica da flor viva, gênero zoófito, que se chama mulher. A menina às vezes debruça-se para comunicar-me alguma observação mais cáustica e eu tinha ocasião de sentir um hálito fragrante, e entrever na sombra a marmórea saliência de um seio virgem.

Saindo vi sentada na porta do seu camarote uma das poucas *lorettes*[2] de Paris, que por um belo dia de inverno, como verdadeiras aves de arribação, batem as asas, atravessam o Atlântico, e vêm espanejar-se ao sol do Brasil nas margens risonhas da mais bela baía do mundo. Ela tinha e tem, com a cor da Espanhola e os cabelos da Italiana, a suprema elegância do passo e da atitude que o solo parisiense inocula pelas plantas de suas filhas prediletas. Admirava e conhecia essa mulher e de a ter encontrado algumas vezes; mas as nossas relações não passavam de uma polidez mútua.[3]

---

1 Através dessa metáfora, o autor sugere o distanciamento de Lúcia e a pouca frequência com que ela cedia a agrados e beijos.
2 Prostitutas chiques.
3 Na descrição da *lorette*, observe os elementos europeus que a valorizam.

Vendo-a, tive como um pressentimento de que essa mulher era a única que poderia apagar a lembrança de Lúcia. Levado por semelhante ideia, e também por esse desejo que temos todos de tocar com o ciúme o ouro de uma afeição, a fim de lhe conhecer o quilate, aproximei-me; conversamos alguns instantes.

Não sei se a senhora achará prazer na leitura dessas cenas sem colorido, estirado diálogo entre dois atores, raro interrompido pelo mundo, que lhes atira um eco de seus rumores. Já tenho tido vezes de arrependimento depois que comecei essas páginas, que eu podia tornar mais interessantes, se as quisesse dramatizar com sacrifício da verdade; porém mentiria às minhas recordações e à promessa que lhe fiz de exumar do meu coração a imagem de uma mulher.[1]

Fui ver Lúcia. Ela estava pensativa e distraía-se continuamente para fitar o óculo na direção do camarote do R... Nem uma palavra a respeito da francesa, o que me contrariava, como deve supor.

— Ainda há pouco te vi de um camarote!
— Onde está uma família?
— Não, de outro mais chegado à cena — disse sorrindo.
— Sei, também o vi na porta.
— É uma bonita mulher, não achas? — repliquei, fingindo indiferença, mas realmente humilhado pela calma e sossego de Lúcia.
— Não conheço nem uma no Rio de Janeiro, nem mais bonita, nem mais graciosa. Merece todas as atenções de que a cercam.
— Estive conversando com ela; achei-a muito agradável. Se não tivesse receio de desgostar-te, iria vê-la.

Lúcia calou-se e levou o binóculo aos olhos. Era demais; nem sequer um despeito simulado. A consciência de sua infidelidade a pungiria tanto que se reconhecia indigna até de fingir ciúmes? Ou desejava ela ver romper-se o último véu que ainda nos ocultava a ambos a realidade de uma afeição partida?

— Sabes o provérbio, Lúcia. Quem cala, consente.
— Como! Não ouvi! — disse-me, retirando o óculo e voltando-se para mim com a expressão lesa de quem procura apreender uma ideia no vácuo da memória.
— É indiferente para ti que eu veja aquela francesa! O teu silêncio é claro!
— Tenho acaso o direito de me queixar? — disse com melancolia. — O prazer que ela lhe promete, sinto que já não posso dá-lo.
— Porque não queres; porque já não és a mesma!
— Não decerto, não sou a mesma! Mudei tanto!
— Para mim unicamente!

Ela fitou-me com um olhar ingênuo. Hoje que me lembro da expressão desse olhar leio nele perfeitamente: "Vive no mundo alguém mais?" Era a frase muda de seus olhos.

Lúcia ergueu de novo o binóculo.

---

[1] Alencar busca a verossimilhança de sua personagem, ou seja, torná-lo o mais real possível. Por isso a preocupação com o "sacrifício da verdade", se o narrador dramatizasse situações.

— Aquela família com quem esteve não é a mesma que o convidou para a partida? A filha é muito bonita! O senhor dançou com ela!

16

Dias depois estava em casa de Lúcia; conversávamos tranquilamente como dois bons amigos num momento de expansão.

Ela me contara vagamente, sem indicação de datas nem de localidades, as impressões de sua infância passada no campo entre as árvores e à borda do mar; seu espírito adejava com prazer sobre essas reminiscências embalsamadas com os agrestes perfumes da mata, e por vezes a poesia da natureza fluía no seu ingênuo entusiasmo.

Pela primeira vez também, desde o momento em que a conhecera, Lúcia se mostrara curiosa a respeito do meu passado, de minha família, e de minhas ambições de futuro. Até então só conhecia de mim o meu nome e a minha pessoa; nem mostrava desejar mais. Os meus sentimentos, a minha vida íntima, eram um mundo em que se julgava profana, e no qual não ousava ou não queria mesmo penetrar.

Já tinha por vezes refletido nessa abstenção, a qual aparentemente denotava que Lúcia só estimava em mim o homem exterior; o moço que encontrara num dia de desenfado, e que lhe agradara pela figura, pelos modos, ou antes por capricho seu. Pouco lhe importando saber donde vinha e para onde ia esse companheiro de viagem, unira-se a ele para amenizar, durante o tempo que seguissem o mesmo rumo, os incidentes do caminho e a solidão do pouso.

Naquele dia, pois, satisfazendo o seu desejo, falei-lhe pela primeira vez do meu verdadeiro *eu*; das minhas esperanças, das minhas afeições, dos meus sonhos. Ela ouvia tudo com evidente interesse: o nome de uma pessoa querida por mim, ou de parente ou de amigo; uma data de família; uma localidade que fora teatro de algum dos pequenos acontecimentos da vida; tudo se gravara tão rápida e profundamente no seu espírito, que as suas observações não pareciam de quem acabava de ouvir, mas de quem acompanhara dia por dia os fatos que eu lhe contava. Identificando-se com a minha alma, graças à admirável flexibilidade do senso íntimo da mulher, ela sentia e comovia-se, recordando as minhas afeições; e nutria-se das minhas ambições, sonhando com elas, e dourando-as ao reflexo de sua rica imaginação.[1]

Lúcia trazia nessa manhã um traje quase severo: vestido escuro, afogado e de mangas compridas, com pouca roda, simples colarinho e punhos de linho rebatidos; cabelos negligentemente enrolados em basta madeixa, sem ornato algum. Em vez dos pantufos aveludados que costumava usar em casa, no desalinho, calçava uma botina de merinó preto, que ia-lhe admiravelmente, porque ela tinha o mais lindo pé do mundo. Quando o vento que entrava pela janela erguia indiscretamente a fímbria da saia, apesar do movimento rápido que a conchegava, descobria-se a volta bordada de uma calça estreita, cerrando o colo esbelto da perna divina.

---

[1] Outro sinal de mudança de comportamento: Lúcia quer conhecer Paulo mais a fundo, ter com ele uma intimidade fraterna, ampla.

O homem é um sistema de contrariedade.

As confidências mútuas, as expansões d'alma despegada do seu invólucro material, o recato austero do traje que ocultava belezas criadas para viver em plena luz e ao ar livre, como as flores do trópico, deviam alhear-me os sentidos. Mas bem longe disso, no fim da nossa conversação remordiam-me as recordações. Meu olhar insinuava-se perfidamente pela abertura do colarinho modesto que cingia uma garganta pura, espreguiçava-se pela seda avara que estufava a marmórea rijeza de um seio comprimido; enleava-se nas pregas fofas que quebravam a harmonia das formas.[1]

Tomei as mãos de Lúcia sorrindo, e meus olhos foram à porta vendada de sua alcova. Ela ergueu-se rapidamente, e disse-me com um modo ríspido:

— Vou sair!

Era a primeira recusa que eu sofria.

O constrangimento de Lúcia tinha ido sempre em aumento; mas nunca, até ali, o meu desejo encontrara uma resistência; nunca uma desculpa, um pretexto, o contrariara. Ainda pronta para sair, no momento de entrar no carro, já no teatro ou no passeio, bastava uma palavra minha para fazê-la voltar, muda e fria, é verdade, mas obediente e resignada. Em qualquer ocasião, a qualquer hora do dia ou da noite, se meu lábio procurava o seu, achava-o, seco e áspero, mas dócil à carícia.

— A que horas voltas?

— Não sei; é natural que me demore.

— Até à noite, então.

À noite, quando voltei, queixava-se de uma indisposição. Repeliu-me ainda; só abracei um corpo convulso e gelado que me assustou; sobretudo quando, levando as mãos à cabeça, soltou um gemido plangente e doloroso.

Estava realmente doente; respeitei-a. Às noves horas, apesar de minhas instâncias para ficar velando-a na sua enfermidade, obrigou-me a sair, e disse-me adeus sem acrescentar, como tinha de costume:

— Até amanhã.

Era também a primeira vez que a minha presença parecia contrariá-la. De manhã soube que o seu incômodo se agravara durante a noite. Achei instalada em sua casa, como enfermeira, uma tal Sr.ª Jesuína, mulher de cinquenta anos, seca e já encarquilhada, com quem embirrei solenemente desde o momento em que a vi. Essa insuportável criatura não deixava um momento a borda do leito; e quando alguma vez eu tomava as mãos de Lúcia, ou reclinava-me para ela, quando meus lábios iam roçar a flor de seu rosto, a Sr.ª Jesuína tinha sempre um remédio a dar, um travesseiro a endireitar, uma recomendação a fazer.[2]

Um dia, retirando-me, a velha acompanhou-me até a sala; aí no meio de biocos e gatimanhos, deu-me a entender que o médico proibira terminantemente à Lúcia o menor excesso, que lhe podia ser fatal.

— Mas qual é a moléstia de Lúcia?

---

[1] Paulo se define "pérfido" porque, ao final de reminiscências comuns, ele deseja Lúcia mais do que como amiga e confidente.
[2] Essa "indisposição" de Lúcia é a concretização da mudança de seu comportamento.

— Não me recordo; esses nomes de medicina são tão esquisitos! A moléstia agora não vale nada; amanhã está de pé; e num mês pode ficar inteiramente boa. Somente nada de excesso!

A velha carregou na palavra, piscando os olhos pequeninos.

— Pode custar-lhe a vida! — acrescentou.

— Qual é o médico que trata dela?

— Um tal... Não me lembro agora. Mas é bom doutor.

— A que horas costuma vir?

— Não tem hora certa. Quando o senhor chegou, tinha saído.

— Onde mora?

— Nem sei! Ele disse; porém já me esqueci!

Desejava falar ao médico para saber com certeza o estado de Lúcia; não o consegui porém. No dia seguinte já encontrei Lúcia na sala, ainda abatida, mas sem sofrimento algum.

Decorreu uma semana. Lúcia tinha-se restabelecido completamente; continuávamos as nossas longas conversas de outrora, mas não a sós. A Sr.ª Jesuína ficara a título de caseira ou dona de companhia; encontrava-a invariavelmente repimpada numa cadeira de balanço, a dois passos de Lúcia, lendo uma coleção de novelas em que brilhavam *Zaíra*, e os *Azares da fortuna*. Se alguma vez Lúcia se levantava, a Sr.ª Jesuína atirava com um movimento da cabeça os óculos de tartaruga sobre a ponta do nariz, e seguia-a para lhe perguntar se queria um refresco, um banho, o jantar, a roupa para sair, ou qualquer outra coisa.

Afinal não me pude ter.

— Já estás boa, Lúcia; não precisas mais de enfermeira. Que faz aqui essa velha?

— Faz-me companhia. Vivo tão só!

— Outrora minha companhia te bastava.

Não me respondeu.

— Manda-a embora!

— Não é possível; preciso dela, mesmo para o arranjo da casa.

— Bem; como eu não a posso suportar, não voltarei enquanto ela aqui estiver.

A Sr.ª Jesuína tinha ouvido, o que me era completamente indiferente. Lúcia abaixara a cabeça e ficara pensativa; ao retirar-me, quando me apertava a mão, disse:

— Não a encontrará mais!

De fato no outro dia não encontrei a Jesuína. Lúcia estava só; todos os obstáculos e contrariedades que sofria depois de duas semanas, me tinham irritado; creio que fui até violento e grosseiro; mas debalde. A resistência era tenaz e friamente calculada. Um momento, enquanto se debatia nos meus braços, o egoísmo cruel que às vezes faz do homem uma fera, e lhe dá instintos carniceiros, levou-me a dizer-lhe com escárnio:

— É a recomendação do médico? Tens medo de adoecer!

— Se fosse isso! Ainda quando soubesse que morreria nos seus braços... Que morte mais doce podia eu desejar! Não; não é esse o motivo. Não houve tal recomendação, nem aqui veio médico. Repugna-me enganá-lo: tudo foi uma mentira daquela mulher.

— Não estiveste doente? — perguntei admirado.

— Tive uma ligeira indisposição. Naquele dia em que saí, andei muito e apanhei bastante sol; quando voltei, tinha dores de cabeça horríveis. O senhor chegou... E naquele momento cuidei que ia ter uma vertigem. Mas passou!

— E a que veio a história daquela velha?

Lúcia perturbou-se e a custo balbuciou esta explicação:

— Chamei essa mulher para junto de mim porque tinha medo de estar só com o senhor.

— Ah!

— Ela inventou a mentira, de que eu não gostei; mas não tive ânimo de desenganá-lo!

— E por que receias estar só comigo, Lúcia?

Ela hesitou; por fim prorrompeu-lhe a voz do seio arquejante:

— Porque não posso fazer-lhe a vontade... Não! Sofro horrivelmente!

— Isso quer dizer que eu te incomodo vindo aqui.

— Ao contrário, meu Deus! É a única alegria que tenho neste mundo. Dê-me esse consolo! Venha conversar comigo! Todos os dias!...

— Tenho agora muito que fazer: estou tratando de estabelecer-me. A tua conversa é bastante agradável, mas falta-me o tempo!

— E nos domingos?...

— Ora Lúcia, sejamos francos. Melhor é confessares que eu te importuno. Já sabia disso; não me dirias nada de novo.

Quer saber o que respondeu?

— Se lhe incomoda vir aqui, eu irei vê-lo.

— Para conversar?...

Deixou pender a cabeça abatida.

— Para isso — continuei — não se incomode. É até favor não ir; porque vendo-a não me saberei dominar, e posso causar-lhe algum *horrível sofrimento*.

— É justo! Servi apenas para matar um desejo! E hoje nem para isso!...

Ainda voltei uma vez à casa de Lúcia.

Era natural; à medida que eu sentia essa criatura desapegar-se de mim, agarrava-me a ela com a ânsia do náufrago. Suspeitava que Lúcia tinha um amante. Queria desenganar-me; o acaso favoreceu-me.

Vi entrando na sala um objeto que pela sua novidade atraiu logo a minha atenção. Era um elegante vaso de cristal cor de leite, representando uma tuberosa; a flor que lhe servia de bocal ostentava uma camélia soberba; o ciúme, que é instinto e faro da paixão, descobriu logo entre o pé do vaso e o mármore do consolo a ponta de uma carta em papel-rosa.

Lúcia teve um sobressalto quando entrei. Podia ser um assomo de alegria, por me ver depois de três dias de ausência; podia ser também um movimento de contrariedade. Atribuí ao segundo motivo.

— Estavas esperando alguma pessoa?

— Já ninguém me visita.

— Por que razão?
— Os meus antigos amantes se enfastiaram de mim! — disse com voz amarga.
— Virão novos! Já eles se anunciam! — Respondi indicando a camélia. — É naturalmente pela pessoa que te mandou essa flor, que esperas.
Lúcia ergueu os olhos surpresos e pareceu ver pela primeira vez o vaso e a camélia.
— É um lindo presente com efeito! — disse ela chegando-se ao consolo. — E uma flor tão bonita não tem perfume!...
Levantando o vaso, descobriu a carta que eu entrevira, e que ela passou-me sem ter rompido o fecho.
— Leia.
Corri os olhos pela carta; era do Cunha; insistia com Lúcia para aceitar o seu amor, oferecendo-lhe as condições mais brilhantes que poderia desejar uma mulher na sua posição. Enquanto lia, ela se aproximara da janela.
— Ah! que pena! — Exclamou rindo.
O vaso e a flor acabavam de despedaçar-se nas pedras da calçada. Lúcia tomou-me a carta das mãos e sem ler rasgou-a friamente.
— Não desconfie; desse menos que de qualquer outro. Já foi meu amante; uma noite vi sua mulher, que ele abandonava por minha causa, triste e pensativa. Desde esse momento deixou de existir para mim.
Lembra-se do que me dissera o Cunha no teatro? Era assim que caluniavam essa moça; porque também ela punha sobre o coração a máscara do capricho.
Tínhamos esquecido o Cunha e falávamos de outras coisas.
— Decididamente, Lúcia, não queres mais saber de mim?
— Eu!... Se é preciso, suplico-lhe de joelhos que me venha ver!
Abanei a cabeça.
— Se tens um amante e desejas guardar-lhe fidelidade, é diferente; podemos ficar amigos e ver-nos ainda de vez em quando. Mas para satisfazer um capricho pueril! Não estou disposto.
— Então se eu tivesse um amante, faria o que eu lhe peço? Viria ver-me?
— Nesse caso haveria um motivo justo, que eu respeitaria.
— Pois bem; eu tenho!
— Um amante?
— Sim!
— Quem é ele?
— Não sei. Ainda não tenho; mas terei amanhã; hoje, se quiser.
— Agora mesmo! Serei eu!
— Oh! não!
— Bem vês que não passa de um capricho. Já me tinham falado dessa tua excentricidade. Gostas de fechar a porta aos teus amantes, quando eles menos esperam; talvez para puni-los do prazer que lhes deste! É uma vingança!
— Aqueles que lhe falaram assim tinham razão; mas nenhum, fique certo, se queixará de o ter eu enganado.

17

Havia mais de quinze dias que já não ia à casa de Lúcia; tinha-a encontrado três ou quatro vezes na rua, e não lhe falara: fingia não vê-la.

A princípio custou-me não ceder àquele doce hábito; mas convencido como estava de que essa mulher zombava de mim, e queria ver-me representar o ridículo papel de amante titular, ou honorário, satélite de um astro que brilha para outros, paciente caudatário que as cortesãs gostam de trazer por orgulho e vaidade, revesti-me de coragem, e quebrei de uma vez com essas relações. O tempo é remédio soberano; os dias correram; a pouco e pouco fui-me resignando à separação.

Tinha aproveitado a minha liberdade para me preparar à vida séria. Mudara-me do hotel, e tomara um primeiro andar na Rua da Assembleia. As passadas necessárias para fazê-lo mobiliar e arranjar, as compras de arranjos domésticos tinham feito uma poderosa diversão que muito concorreu para fortalecer-me na resolução que havia tomado.

Contudo a lembrança de Lúcia não se apagava; eu vivia ainda das recordações da felicidade que ela me dera; e quando saía afagava sempre a esperança de encontrá-la. Se isso sucedia, apesar de minha aparente indiferença, sentia uma emoção que achava ridícula e não podia dominar. A conversa do Rochinha, ou do Cunha, me era agradável, porque dava ocasião de saber notícias dela. Uma vez me disseram que Lúcia saía frequentemente, e passava todos os dias pela Rua do Ouvidor; a ideia de que ela o fazia para ter ocasiões de me ver consolou-me.

Uma manhã lia os jornais sobre a mesa do almoço, esperando que me servissem, quando o moleque[1] prorrompeu na sala com o ar espantado com que correria a anunciar-me que tínhamos fogo em casa.

— Está aí uma moça!

— Uma moça! — repeti com um batimento de coração.

— O rosto dela está coberto com véu; mas eu vi!... muito bonita, sim senhor!

Quem podia ser senão Lúcia? Não me enganei. Avistando-me roçagou o véu, e disse com um triste sorriso:

— Resisti enquanto pude: não tenho mais forças. Estou pronta para tudo.

— Para tudo? — perguntei sorrindo.

— Já que é preciso para vê-lo!

— Com que ar dizes isso! Se é um sacrifício, renuncio.

— E continuará a fugir-me? Passará por mim sem olhar-me? Não; não é um sacrifício. Preferia que nos víssemos de outra maneira; mas não é possível! O senhor quer; e o meu maior prazer não é fazer-lhe todas as vontades?

— Vamos almoçar; passarás hoje o dia comigo.

— Só com uma condição.

---

[1] O "moleque" a quem Paulo se refere tão naturalmente era um escravo doméstico. A pouca frequência com que escravos aparecem nos romances românticos pode ser explicada pelos modelos narrativos europeus, utilizados pelos autores brasileiros, embora desvinculados de nossa realidade.

— Qual será essa condição que eu não aceite para ter o prazer de possuir-te um dia inteiro?
— É... que não há de ser hoje! — disse ela enrubescendo.
— Começas de novo com os teus caprichos.
— Então não fico! — replicou atando as fitas do chapéu, e com tom decidido.
— Deixa-te disso, Lúcia.
— Adeus; até amanhã.
— Está bem; aceito a condição.
— Dá-me sua palavra?
— Faço-te um juramento se quiseres.
— Não é preciso: estou satisfeita, e em paga do sacrifício, quero ser generosa.
Deu-me um beijo, um só, e na fronte.
— Então o beijo é permitido? — disse eu sorrindo.
— Da minha parte unicamente; da sua, não senhor.
— Por que essa diferença? Deve haver completa igualdade.
— E não há! Se eu fico com o direito de dar, o senhor não tem o de recusar?
— Tu bem sabes que me faltaria a coragem!
— Não é culpa minha!
— E de quem é? De quem te fez tão bonita?
— Já fui! — disse ela sorrindo com melancolia.

Realmente Lúcia estava mudada: tinha perdido o esmalte fresco e suave da tez; parecia mesmo desfeita e abatida; porém isso, longe de desmerecer a sua beleza, dava-lhe certa morbidez lânguida que a tornava ainda mais sedutora. Há dois momentos em que a rosa, a flor da beleza, tem para mim um irresistível encanto: é quando desata as mil folhas, ostentando o brilho das cores e a régia altivez de sua coroa, e quando desfalece ao beijo ardente do sol, evaporando das pétalas flácidas o pálido matiz e o aroma sutil.

Saí um instante depois do almoço para ir ao escritório da Companhia de Paquetes pagar o frete de umas encomendas que enviava à minha família, e para encarregá-las à solicitude de um empregado do vapor.

Quando voltei, a minha casa de homem solteiro tinha sofrido uma alteração completa. Os vidros que em quinze dias já tinham adquirido uma crosta espessa dessa poeira clássica do Rio de Janeiro, como é clássica a lama de Paris, os vidros brilhavam na sua límpida transparência entre as bambinelas de cassa que um armador acabava de pregar. Os móveis espanejados tinham mudado de lugar, tomando a posição melhor e formando esse quadro harmônico, que o olhar de uma mulher esboça com a rapidez do pensamento; porque ela tem em si o instinto da forma, como a luz encerra a diversidade de cores que reflete sobre os objetos. Do recosto do sofá e das cadeiras pendiam lindas cobertas a crochê; nos vasos dos consolos se expandiam ramos de flores que embalsamavam a sala.

No meu gabinete de estudo, a desordem desaparecera ao toque mágico do condão de uma fada hospitaleira: os livros arrumados na estante, e em seu devido lugar; os manuscritos reunidos sob pesos de cristal; as cartas emaçadas em ganchos de metal pregados junto à mesa e ao alcance da mão; ao lado da cadeira de braços uma cesta de palha para receber as tiras de papel, e na frente um pequeno tapete felpudo para aquecer os pés nas noites frias.

Igual revolução no meu quarto de vestir. Sobre o toucador uma profusão de perfumarias e pequenos objetos de fantasia. Na cômoda a roupa estava arranjada como no tempo em que minha mãe se incumbia desse trabalho. Um dedal de ouro, um papel de botões, e preparos de costura, que se viam sobre a cadeira numa caixinha de tartaruga, indicavam que antes da arrumação, mãozinha ágil e habilidosa da costureira reparara os estragos do uso.

Mas eu tinha corrido toda a casa, notando essa transformação repentina, sem descobrir a autora; já estava inquieto quando pela janela da sala de jantar, a vi na cozinha, e num estado que só tanta beleza e graça podia salvar do ridículo. Figure uma moça vestida de ricas sedas, com as mangas enroladas e a saia arregaçada e atada em nó sobre o meio da crinolina; com uma toalha passada pelo pescoço à guisa de avental; vermelha pelo calor e reflexo do fogo, batendo gemas de ovos para fazer não sei que doce. Repito: era preciso ter a faceirice e gentileza daquela mulher, para nessa posição e no meio da moldura de paredes enfumaçadas, obrigar que a admirassem ainda.[1]

Fui tirá-la da sua azáfama doceira, e a trouxe confusa e envergonhada. Depois que ela reparou a desordem de seu traje, tanto quanto era possível, tomei-lhe contas severas.

— Quando pedi à senhora que passasse o dia comigo, não foi para me servir nem de cozinheira, nem de costureira, nem de criada.

— De que posso eu servir-lhe?

— O mais grave porém não é isso: a senhora encheu a minha casa de objetos que não me pertencem, porque não os comprei.

Ela tirou um papel do seio:

— Oh! eu o conheço!... Tudo foi comprado com o dinheiro que tirei da sua gaveta. Aqui tem a conta. Se fiz mal em gastar sem sua ordem, ralhe comigo; suponha que eu lhe pedi essa quantia, que o senhor decerto não me recusaria.

Lúcia deu-me a conta que eu rasguei sem ler fazendo-a sentar nos meus joelhos, e cobrindo-a de beijos.

— Olhe lá! Já faltou ao prometido! Mas dessa vez passe; porque me perdoou. Se não se apressasse, eu mesma lhos daria.

— Ainda está em tempo!

— Não, senhor. Quero fazer valer a minha riqueza. Darei se me afiançar outra vez que aprova tudo que fiz!

O ajuste foi aceito e concluído. Era uma perfídia de Lúcia, como verá.

Estive para esquecer o nosso compromisso. Lúcia escapou-se; fitando-me com um olhar de exprobração disse-me:

— E sua promessa!

— Não tenho forças para cumpri-la!

— E eu tenho para ceder-lhe! Pois bem; restituo sua palavra, para não obrigá-lo a faltar a ela. Quer-me assim mesmo morta?

---

[1] Curioso retrato da mulher, principalmente se refletirmos que, para a sociedade escravocrata do século XIX, o trabalho braçal era indigno. Ora, Lúcia trabalhava na casa de Paulo feito uma mucama, embora seja uma mulher rica e uma cortesã admirada.

Lúcia deu um passo para mim. Era realmente um corpo morto e uma feição estúpida que ela me oferecia. Repeli com vago terror. Então serenou, e conseguiu sorrir:
— Amanhã!
Depois com a voz triste e grave acrescentou:
— Será sempre cedo!
Chegou o moleque que tinha ido à sua casa buscar um vestido; poucos instantes depois ela apareceu com um traje fresco e risonho de que tinha, mais que nenhuma mulher, o encantador segredo. Eu embalava-me na rede. Lúcia, depois que cansou de traquinar, fazendo-me cócegas, cobrindo-me o rosto com as franjas e oferecendo-me entre as malhas um beijo que eu não podia colher e se evaporava no ar, foi à estante escolher um livro, e sentou-se na esteira para ouvir-me ler.

O livro que ela trouxe era esse gracioso conto de Bernardin de Saint-Pierre, que todos lemos uma vez aos quinze anos, quando ainda não o sabemos compreender; e outra aos trinta, quando já não o podemos sentir.[1] O que seduzira Lúcia foi o nome de *Paulo* que ela ao entregar-me o volume mostrara sorrindo. Quando eu lia a descrição das duas cabanas e a infância dos amantes, Lúcia deixou pender a cabeça sobre o seio, cruzou as mãos nos joelhos, dobrando o talhe, como a estatueta da Safo de Pradier[2] que por aí anda tão copiada em marfim e porcelana.

De repente a voz desatou num suspiro:
— Ah! meu tempo de menina!
Voltei-me para ela; as lágrimas caíam-lhe em bagas; quis atraí-la, fugiu, arrebatando-me o livro das mãos.

Escolhi outro livro para distraí-la; li a *Átala* de Chateaubriand[3], que ela ouviu com uma atenção religiosa. Chegando a essa passagem encantadora em que a filha de Lopes declara ao jovem selvagem que nunca será sua amante, embora o ame como à sombra da floresta nos ardores do sol, Lúcia pousou a mão sobre os meus olhos dizendo-me:
— Não podíamos viver assim?
— Átala tinha um motivo para resistir, Lúcia!
— E eu não tenho?
— Ela obedecia a um voto; e a virgindade lhe servia de defesa.
Lúcia respondeu-me arrebatadamente:
— Alguns espinhos que cercam a rosa, valem o veneno de certas flores? Um voto é coisa santa; mas a dor da mãe que mata seu filho é horrível.
— Não te entendo!
Ela demorou um instante o seu olhar ardente sobre mim, e murmurou abaixando as longas pálpebras:
— Queria dizer que se eu fosse Átala, poderia perder a minha alma para dar-lhe a virgindade que não tenho; mas o que eu não posso, é separar-me deste corpo!

---

1 O livro aqui mencionado é o romance *Paulo e Virgínia* (1935), em que o escritor francês aborda a busca da pureza e do não tocado.
2 O escultor francês Pradier (1792-1852) é autor da estátua de Safo, poetisa grega que viveu na Ilha de Lesbos.
3 Referência a Francisco Augusto Renato Chateaubriand (1768-1848), escritor e político francês.

Jantamos; nunca lauto banquete foi festejado por epicuristas, como a minha modesta colação pelos dois convivas que partilhavam o mesmo prato e bebiam no mesmo copo, rindo e brigando de qual daria ao outro uma preferência mutuamente recusada.

Às oito horas da noite acompanhei Lúcia à casa.

Poucos momentos depois de entrar ela foi ao toucador e voltou em traje de dormir; os cabelos soltos e uma longa camisola de linho, sem uma renda, nem um bordado.

— Já vais dormir?

— Vou deitar-me; estou fatigada; trabalhei hoje muito! — respondeu sorrindo e tomando-me pela mão. — Mas podemos conversar até dez horas. Durmo cedo agora.

O seu quarto de dormir já não era o mesmo; notei logo a mudança completa dos móveis. Uma saleta cor-de-rosa esteirada, uma cama de ferro, uma banquinha de cabeceira, algumas cadeiras e um crucifixo de marfim compunham esse aposento de extrema simplicidade e nudez.[1]

A ideia que primeiro me ocorreu foi que Lúcia tivera necessidade de dinheiro, e vendera os seus ricos trastes; isso me causou um aperto de coração.

— Por que essa mudança?

— Durmo aqui melhor. O outro quarto lá está como o senhor deixou.

— Nada lhe falta?

— Nada absolutamente. Admira-se de que me prive da minha rica mobília, para usar de outra mais simples?

— Decerto; foi uma despesa inútil.

— Mas o senhor não sabe que posso comprar o que me parecer sem que reparem; e não posso vender coisa alguma sem que me suponham arruinada?

— A minha questão é da preferência que dás a esses trastes ordinários sobre os teus lindos móveis de pau-cetim.

— Grande questão... Questão de mulher no fim de contas: capricho. Nesta cama que o senhor acha tão feia, e neste quarto que lhe parece tão triste, o sono é doce para mim e os sonhos alegres. Quando entro aqui, sacudo no limiar da porta, como os viajantes, a poeira do caminho; e Deus me recebe.

Dizendo essas palavras, Lúcia ajoelhou em face do crucifixo e recolheu-se numa breve oração mental; depois regaçou a roupa da cama e espreguiçou-se entre as alvas lençarias, com o voluptuoso bem-estar que sente o corpo repousando depois da fadiga.

— Como é bom adormecer assim! — disse-me ela, pousando a cabeça no travesseiro e fechando-me as mãos entre as suas. — Fale; conte alguma história! Sou uma criança! É verdade!

— O quê?

— Não se agaste. Qual foi a primeira moça de quem o senhor gostou?

— Foi uma menina, não foi uma moça — respondi sorrindo.

— Ah! Que idade tinha?

---

1 Ao recusar a rica alcova, e ao mudar a decoração da casa, Lúcia na verdade está abandonando o papel da mudana e tornando-se tão austera e simples como o quarto que agora usa. A presença do crucifixo é significativa.

— Doze anos; e eu acabava de completar dezesseis.
— Oh! conte-me como foi!

Contei; um desses idílios das primeiras flores da vida; amores infantis que balbucia o coração ignaro, como antes balbuciara o lábio a palavra indecisa; arpejos vagos que o sopro da brisa arranca das cordas de uma lira ainda não dedilhada. Essas primeiras impressões são tão ricas de sentimento, que nunca o espírito penetra nelas sem achar uma melodia arrebatadora, mais viva e mais brilhante, à medida que o homem declina para a velhice. É natural que eu falasse com animação e entusiasmo. Lúcia cerrara as pálpebras para ouvir-me, e embalada pelas minhas palavras pareceu ir adormecendo insensivelmente. Calei-me, admirando com respeitosa ternura o rosto puro e cândido que entre a alvura do linho e no repouso das paixões tomara uma diáfana limpidez.

Meus lábios roçaram apenas a tez mimosa, tanto eu receava manchar com o hálito a flor dessa alma, que se abria na sombra e no silêncio, como o cacto selvagem de nossos campos. Nesse momento Lúcia ergueu as pálpebras, e seu olhar vago, já nublado pelo sono, afagou-me docemente.

— Foi o dia mais feliz da minha vida! — murmurou ela com a voz quase imperceptível.

Ainda hoje não posso compreender que força misteriosa me obrigou a respeitar um dia inteiro essa mulher, que eu possuíra, e ainda apertava nos meus braços, recebendo a carícia de seu lábio amante.

Chegando à casa, e na ocasião de dar o dinheiro para as compras, conheci que Lúcia tinha-me enganado: a soma que eu possuía estava intata.

E contudo a minha suscetibilidade extrema emudeceu nesse momento. Não sei que voz interior me disse que Lúcia tinha o direito de fazer aquilo, e eu a obrigação de respeitar a sua vontade e agradecer-lhe.

O que outrora me parecia vileza, era já delicada atenção.

18

Vi no dia seguinte correr de novo aquela mesma cortina de seda azul que abrira para mim, como nuvem serena, um céu de delícias. Penetrei o templo do prazer, que eu entrara pela primeira vez esmagado por um olhar de tão soberano desprezo. Mas não encontrei nem a antiga fragrância, nem a atmosfera tépida e embalsamada que outrora o enchia. Estava frio e triste, como um aposento por muito tempo privado de ar e luz.

Lúcia não proferira uma palavra desde a minha chegada. Muda e submissa obedecera ao meu olhar; quando a toquei, teve uma comoção violenta, verdadeiro choque elétrico. Fugiu espavorida; mas voltou logo; e caminhando para mim, entregou-se com um cínico desgarro.

Há de ter ouvido falar na sensualidade nefanda dos coveiros de cemitério, que saciavam no cadáver das belas mulheres um desejo brutal. Não creio que esses abutres da lascívia apertassem corpo mais gelado e insensível do que a múmia que se inteiriçava nos meus braços. Senti o frio horror de Vergílio correr-me pela medula dos ossos.

Lúcia atravessou o aposento com o passo hirto, e saiu. Entrou alguns minutos depois. O calor voltara à epiderme, que abrasava agora; o corpo tinha, não a doce flexibilidade que lhe era natural, porém uma elasticidade nervosa e convulsa, que o enrolava como a cauda de uma serpente na agonia.[1] Em vez do seu hálito sempre perfumado, a boca exalava o bafo ardente de uma chama interior e o fumo alcoólico de espírito fortíssimo.

— O que bebeste tu, Lúcia? — perguntei-lhe inquieto.

— Sofro do estômago, bebi um gole de *kirsch* — respondeu com a voz trôpega.

— Que extravagância!

Ela cortou-me a palavra com um beijo de fogo; escaldou-me da lava que corria-lhe do corpo; mas de repente repeliu-me bruscamente escondendo o rosto nas mãos:

— Não posso! É mais forte do que eu!

Soluçava como uma criança; riu depois como uma louca.

Conheci então a verdade. Lúcia estava embriagada.

A sua saída repentina fora um ato de desespero para vencer o gélido espasmo que a marmorizava. Tinha quase esvaziado uma garrafa de *kirsch*. Acreditei enfim na sinceridade da repugnância de Lúcia; renunciei de uma vez ao meu desejo. Sentia profunda compaixão por essa mulher. O seu pranto me enterneceu; chorei com ela.

O abalo moral foi-lhe dissipando a embriaguez, até que adormeceu profundamente sobre o meu peito.

Quando acordou, Lúcia percorreu algum tempo com os olhos o aposento, como se coligisse os vestígios esparsos de recordações esvanecidas pelo sono, até que a ideia do que se havia passado desenhou-se lúcida no seu espírito. Então volveu para mim o olhar humilde juntando as mãos com uma expressão suplicante.

— Logo mais terei forças! — balbuciou ela. — Era a primeira vez depois de tanto tempo; e não pensei que me faltasse o ânimo.

— Não, Lúcia; nunca mais!

O seu rosto anuviou-se:

— Então vai abandonar-me de novo?

— Supunha que isso não passava de uma excentricidade; o meu orgulho se revoltava. Mas há pouco o suplício horrível por que passaste me comoveu a ponto que chorei contigo.

— Chorou?... E por mim!

— Conheci que havia uma dor profunda e intensa no que me parecia ridículo capricho! Hei de me lembrar sempre que te vi quase morta nos meus braços! Um desejo de hoje em diante seria uma ideia assassina! Não posso, não o devo ter! És sagrada para mim; sagrada pelo martírio que te causei; sagrada pelas lágrimas que derramamos juntos. A tua beleza já não tem influência sobre os meus sentidos. Posso te ver agora impunemente.

Lúcia me escutara com enlevo, bebendo uma a uma as minhas palavras e o meu olhar, como se foram um elixir poderoso que a regenerasse. Apenas me calei, desprendeu-se docemente de meu seio, e caiu de joelhos. Ergueu-se depois grave e recolhida para dizer-me:

— Deus me abençoou!

---

1 Lúcia volta a ser descrita como "serpente", e seus movimentos têm "elasticidade nervosa e convulsa". Porém ela tenta entregar-se ao rapaz contra sua vontade, apesar do asco diante do sexo.

Houve um grande silêncio, em que Lúcia, imóvel e recolhida, continuava absorta no seu êxtase religioso e eu contemplava-a mudo sem me animar a interrompê-la.

— Agora deves ter confiança em mim, Lúcia; explica-me a razão dessa singularidade.

— Eu mesma não sei! — respondeu com ingênua simplicidade.

— Ainda receias?...

— Não! Alguma coisa me diz que eu vibro no seu coração uma corda, embora seja a da compaixão e da piedade. Posso abrir-lhe minha alma e deixar que penetre nela. Veja se compreende: eu não posso.

— Mas devias sentir alguma coisa!

— Sentia a morte que me invadia o corpo, enquanto eu vivia dentro dele sofrendo torturas horríveis. Se eu tivesse ainda minha mãe expirante diante de meus olhos, amaldiçoando-me no seu último soluço; se por algum crime infame me açoitassem nua pelas ruas, cuspindo-me às faces no meio das vaias do povo, creio que não sentiria o que sinto nesses momentos. Por que razão?

— Entretanto houve um tempo em que, se não me engano, tu eras feliz como eu do prazer que me davas.

— É verdade! Esse tempo foi uma eternidade de delícias para mim; desejava até, louca que eu era!... desejava que fosse possível morrermos assim um no outro... uma só vida extinguindo-se num só corpo! Mas passou!... Devia passar!

— Por quê?

— Não sei!... Quando me lembro...

Tornou-se lívida; a voz encobriu-se:

— Quando me lembro, que um filho pode gerar das minhas entranhas, tenho horror de mim mesma!

— Não digas isso, Lúcia! Que mulher não deseja gozar desse sublime sentimento da maternidade!

— Oh! Um filho, se Deus mo desse, seria o perdão da minha culpa! Mas sinto que ele não poderia viver no meu seio! Eu o mataria, eu, depois de o ter concebido!

Não compreendia esse fenômeno; ainda hoje não o posso explicar senão por alguma das misteriosas afinidades do corpo com o espírito que o habita.

— Mas que importa? — continuou Lúcia. — Aquelas delícias passadas não valem a felicidade que eu sinto agora quando o vejo, quando lhe falo. Se eu pudesse viver toda a minha vida assim, sentada nos seus joelhos, olhando-o, não pediria a Deus nada mais!

Entramos então em uma nova fase de nossa mútua existência, fase original e curiosa, que me faria rir quinze dias antes. Com efeito, quem poderia julgar possível uma amizade fraternal e pura entre duas criaturas que meses antes trocavam as mais ardentes expansões da sensualidade? Quem poderia conceber uma abstinência absoluta num caráter ardente, provocado todos os dias e a todas as horas pela beleza sempre radiante de uma mulher divina, que retraçava com um olhar e um sorriso os poemas da voluptuosidade fruída?

Nessa época se revelavam francamente em Lúcia as aspirações ingênuas para uma juventude perdida, os sonhos vivos do passado, que desde muito tempo espontavam por vezes através do luxo e agitação de uma vida elegante. Com a timidez de seu olhar velado pelos longos cílios, com o modesto recato de sua graça e o seu vestido de cassa branca, Lúcia parecia-me agora uma menina de quinze anos, pura e cândida.

Por que segredo ignoto da natureza a rosa que há pouco se ostentava no viço da florescência, abrochara as folhas, e agora botão recente, mal ia desatando o seio? Por que mágica força de vegetação a palmeira altiva que hasteava no vale as verdes frondes, se transformara de repente na mimosa sensitiva!

Muitas vezes achava Lúcia cosendo e cantando à meia voz alguma monótona modinha brasileira, que só a graça de uma bonita boca, e a melodia de uma voz fresca, pode tornar agradável. Outras vezes passava horas inteiras esboçando um desenho, tirando uma música ao piano, escrevendo uma lição de francês, língua que aliás traduzia sofrivelmente; ou enfim bordando ao bastidor algum presente que me destinava.

Não saía mais durante o dia; à noite pedia-me que a levasse a algum arrabalde distante da cidade, à Lagoa, ou ao Cosme-Velho. Partíamos de carro; parávamos nalgum lugar mais despovoado; ela recostava-se no meu braço, e passeávamos durante uma ou duas horas. Outras noites preferia o mar; embarcávamos num bote e vogávamos pela baía.

O seu traje habitual nesses passeios era vestido de merinó escuro, mantelete de seda preta, e um chapéu de palha com laços azuis. Mas essa mulher tinha a beleza luxuosa que se orna a si mesma, e que os enfeites, longe de realçar, amesquinham; nunca ela me parecia mais linda do que sob essa simplicidade severa.[1]

Um dia Lúcia chegou-se a mim com certo ar de mistério:
— Quer fazer amanhã um passeio comigo?
— Aonde?
— A São Domingos.
— Se isso te causa prazer!...

Partimos às quatro horas da madrugada numa falua, que atravessou rapidamente a baía e levou-nos à praia de Icaraí. Não sei se ainda aí perto existe um velho casebre, escondido no mato e habitado por uma velha e dois filhos, que nos hospedaram, ou por outra, nos deram sombra e água fresca.

Quando Lúcia pôs o pezinho calçado com a botina de duraque preto na areia úmida da praia, pareceu que a mobilidade e agitação das ondinhas que esfrolavam murmurando, comunicou-se-lhe pelo contato. Em um instante chegou à casa, abraçou a velha, correu todos os recantos, o terreiro, o quintal e o mato que se estendia em roda. Ora suspendia-se aos ramos das árvores e colhia os frutos verdes que saboreava com delícia; ora pulava sobre a relva soltando gritos de prazer como as aves quando atitam ao raiar da manhã.

E no meio de tudo isso voltava para mim, e me obrigava a tomar a minha parte do prazer que ela sentia. O meio de não comer frutas verdes quando elas nos são apresentadas entre duas linhas de pérolas e à sombra de lábios vermelhos, que fugiam furtando

---

1 Repare no vigor do traje e seu contraste: quanto mais simples e sem artifícios, mais bela.
O narrador explicita um julgamento moral negativo aos excessos de luxo.

o beijo que prometiam? O meio de não fazer toda a sorte de loucuras, quando um talhe esbelto suspende-se ao vosso flanco, e uma voz aveludada murmura uma prece ao ouvido?[1]

Almoçamos. Lúcia contentou-se com uma côdea de pão e um copo de leite, que bebeu sentada sobre uma pedra.

Depois do almoço ela tomou-me pelo braço:

— Foi nesta casa que eu nasci — disse-me ela. — Não era então velha como hoje está. Tudo muda; tudo passa!

Mostrou-me o lugar onde seu pai costumava trabalhar, onde sua mãe cosia; lembrava-se de todos os cantos, do lugar de cada móvel, da idade de cada fruteira, dos menores incidentes passados nesta área de terra.

— Faz sete anos que deixei este lugar; parece-me que foi ontem. Quando venho aqui alguma vez, acho ainda viva e fiel a minha infância tão feliz! Recorda-se da Glória? De lá olhei para esta praia. O senhor estava perto de mim. Mal pensava que três meses depois aqui viríamos juntos!

— E o que é feito de tua família? Como a perdeste? Nunca me quiseste dizer nada a esse respeito.

— Toda a minha vida lhe pertence; o passado como o futuro. Mas aqui não teria ânimo: aqui vive a minha infância, que eu respeito. Não quero que esses lugares que me viram tão alegre, me vejam sofrer, tendo-o junto de mim. Não falemos nisso agora; suponho que dormi esses sete anos e acordei hoje de repente.

Sentamo-nos sobre a relva coberta de flores e à borda de um pequeno tanque natural, cujas águas límpidas espelhavam a doce serenidade do céu azul. Lúcia tirou do bolso o seu crochê e o novelo de torçal, e continuou uma gravata que estava fazendo para mim. Enquanto ela trabalhava, eu arrancava as flores silvestres para enfeitar-lhe os cabelos; ou arrastava-me pela relva para beijar-lhe a ponta da botina que aparecia sob a orla do vestido.[2]

Deixei cair algumas pedras no tanque. Não sei que impressão triste faz sobre o espírito a plácida imobilidade da onda, que desafia o homem a quebrar a quietude da natureza. Os olhos acompanham então com uma indefinível satisfação os círculos concêntricos que surgem à tona e vão-se dilatando até correr nas margens do lago.

Ia atirar uma nova pedra, quando Lúcia, que eu supunha ocupada com o seu trabalho, reclinou-se para mim, de mãos juntas, e disse-me com uma voz angustiada:

— Não! Coitadinha! Tenha pena dela!

Encarei com Lúcia: seu rosto traía uma aflição profunda. De surpreso, deixei cair a pedra.

— Oh! Como deve sofrer! — balbuciou ela, mostrando-me com a mão trêmula a água que se toldava e enegrecia.

---

[1] Observe a sensualidade sutil entre os, agora, fraternos amigos. Os detalhes descritivos de lábios, dentes e voz reforçam o erotismo latente.
[2] Há aqui um componente erótico contido no gesto de Paulo, ao beijar a ponta da botina de Lúcia. As personagens vivem o momento mais casto que já tiveram. Contraditoriamente, é nesse instante que Alencar acentua a sensualidade.

— Que é isso? Em que estás pensando, Lúcia? — disse, apertando-lhe as mãos com força.

Volveu para mim os olhos vagos; contemplou-me um instante e riu:

— Uma loucura!... Não sei como me veio semelhante ideia! Vendo essa água tão clara toldar-se de repente, pareceu-me que via minha alma; e acreditei que ela sofria, como eu quando os sentidos perturbam a doce serenidade de minha vida.

Depois de uma pausa continuou:

— Naquele dia... não soube explicar-lhe... É isso! Veja! A lama desse tanque é meu corpo: enquanto a deixam no fundo e em repouso, a água está pura e límpida![1]

Acredite ou não, Lúcia acabava de me revelar naquela imagem simples um fenômeno psicológico que eu nunca teria suspeitado.

19

Talvez não se lembre de um Jacinto, cujo nome, então desconhecido para mim, ouvira uma vez da boca de Lúcia.

Era um homem de quarenta e cinco anos; feição comum e espírito medíocre. Encontrava-o agora todos os dias em casa de Lúcia; e desde a primeira vez antipatizara com a sua enjoativa figura.

— Quem é esse senhor? — Perguntei a Lúcia.

Ela perturbou-se.

— É um sujeito que costuma tratar dos meus negócios.

— Que importantes negócios são os teus que eu não me possa incumbir deles!

— Compras... Não tenho outros. Para que incomodá-lo com isso?

— Também sou ciumento: não desejo que ocupes outra pessoa além de mim.

— Esse homem é quase um criado.

A palavra produziu o seu efeito; desde que o Jacinto desceu ao mister de homem assalariado, não fiz mais reparo na sua assiduidade. Quase sempre o encontrava na escada interior, descendo quando eu subia; dava-lhe tanta atenção como ao carroceiro que enchia as talhas d'água, ou ao cozinheiro que saía a compras.

Tínhamos partido de São Domingos na véspera às oito horas da noite; às onze deixara Lúcia em sua casa, desculpando-me de não ir vê-la no dia seguinte de manhã, por causa de algumas visitas de rigor.

Sucedeu porém que, voltando de uma dessas visitas, o cocheiro do tílburi passasse pela porta de Lúcia. Não pude resistir ao desejo de vê-la, apertar-lhe a mão e saber como havia passado a noite. Cheguei à sala de jantar sem encontrar viva alma; supondo achar Lúcia na sala, dirigi-me para ali, pelo corredor particular. Abafei os passos, para surpreendê-la.

---

[1] Lúcia salienta o fato de que seu corpo, "lama", fica mais límpido quando em repouso. Lembre-se que o narrador caracterizava a amante, Lúcia, pelo movimento frenético. Distante do sexo, a mulher pode assumir-se estática, recatada, familiar.

O surpreendido fui eu, ouvindo vozes na alcova, onde tanto havia, já ninguém entrava. Enfiei o olhar pela fresta que deixava a sanefa de tafetá na porta envidraçada; e o que vi me fez empalidecer. A pessoa que estava com Lúcia era o Jacinto; ela abanava a cabeça; ele sorria com um ar de estúpida satisfação, e abria lentamente uma nojenta carteira de couro da Rússia.

Corri o aposento com uma vista rápida e ansiada: o leito estava desfeito e os móveis em desordem. O Sr. Jacinto tirara da carteira um maço de bilhetes do banco, que Lúcia escondera no seio com um expressivo gesto de contentamento. Não havia dúvida possível; as provas da infâmia eram evidentes; e para cúmulo do cinismo, o preço depois de regateado fora pago à vista. Uma parede que desabasse não me atordoaria como aquela cena a que eu acabava de assistir. Não sei quanto tempo fiquei ali, atirado contra a porta, sem sentidos nem espírito, somente com a consciência de uma imensa dor. Quando voltei a mim, a alcova estava deserta; o Jacinto tinha partido, e Lúcia cosia no toucador, cantando a meia voz. Hesitei se devia fugir para nunca mais ver semelhante monstro de mulher, ou se ficaria para lançar-lhe em rosto a sua ignomínia.

Conhecendo o meu passo, ela jogou de si a costura, e precipitou-se para mim; trazia o sorriso orvalhado de carícias, o olhar cheio de candura.

— Infame!

A indignação e o desespero que fermentavam no meu seio borbotaram nessa única palavra, grito e soluço de uma angústia cruel. Lúcia tornou-se lívida; vacilou. Com um supremo esforço dominando a vertigem que a tomava, cobriu-me com um olhar frio, cheio de tanta dignidade e altivez, que me colou imóvel sobre o chão. Assim pasmo e quedo, vi-a atravessar com lentidão a sala e desaparecer detrás de uma porta, que se fechou surdamente. Pareceu-me ouvir selar a lousa do túmulo, onde eu acabasse de sepultar uma porção de minha alma.

Lancei-me pelas ruas desatinado. Às quatro horas da tarde ainda eu vagava sem destino. O Sá passava no seu tílburi; viu-me e parou:

— Que milagre é este: ressuscitaste!

— Não me fales nisso!

— Ah! estás apenas em convalescença; mas dessa vez incumbo-me de curar-te, para que não tenhas nova recaída.

— Asseguro-te que não há mais perigo.

— Se não me engano, ainda não jantaste.

— Nem quero.

— Vem jantar comigo; entrarás imediatamente no regime higiênico que pretendo receitar-te.

Tomou as rédeas do cocheiro que seguiu a pé, e ofereceu-me um lugar no tílburi.

Mais tarde Sá interrogou-me sobre o que se tinha passado; porém recusei constantemente satisfazer a sua curiosidade. Para que ele compreendesse o meu sofrimento, fora mister contar-lhe as minhas relações íntimas com Lúcia; e era esse mistério que invencível pudor d'alma não me deixava expor a outros olhos, fossem eles de um amigo.

Achei-me num estado de apatia moral; tinha medo da iniciativa, porque vagamente pressentia que ela me arrastaria de novo à casa de Lúcia, quando não fosse senão para ter o agro prazer de insultá-la com o meu desprezo. Nessa situação era natural que Sá não encontrasse a menor resistência no que ele chamava o regime higiênico da minha paixão.

Durante três dias corremos os arrabaldes da cidade.

Passávamos uma tarde a cavalo por Santa Tereza na direção da Caixa d'Água, quando vimos parado defronte de uma pequena casa, reparada de novo, o Jacinto. Esse homem me atraía, pelo ímã irresistível de Lúcia; e entretanto eu o detestava.

— Pertence-lhe essa casa, Sr. Jacinto? — disse-lhe Sá, respondendo à cortesia.

— Não, senhor. Pertence a uma pessoa do seu conhecimento, à Lúcia.

— Como! Lúcia vem morar numa casa térrea e de duas janelas? Não é possível.

— Também eu não acreditei quando ela me falou nisso! Cuidei que estava brincando; porém é negócio sério.

— Então comprou essa casa?

— E mandou prepará-la. Já está mobiliada e pronta. Devia mudar-se hoje; não sei que transtorno houve. Ficou para a semana!

— Está bem! São luxos de passar o verão no campo! Não lhe dou um mês que não esteja arrependida, e não volte para a sua casa da cidade.

— Para essa, há de ser difícil — disse o Jacinto com um sorriso.

— Por que razão?

— Vendeu-me o arrendamento e toda a mobília.

— Que diz!

— Na quinta-feira fechamos o negócio. Dei-lhe um conto de réis de sinal. Porém o mais interessante é que mandou fazer leilão de tudo quanto possuía, inclusive joias e roupa.

— Terá ela caído na miséria?

— Qual! Tem perto dos seus cinquenta contos e quer gozar da vida tranquilamente. Doidice; podia fazer uma fortuna, e ajudar os outros.

O Jacinto cumprimentou e desceu a ladeira. A conversa que acabava de ouvir me tinha completamente perturbado; enquanto Sá aproximava-se do portão para examinar o jardim, ficara eu imóvel e perplexo. Por fim, impelido por uma força superior, segui precipitadamente o homem que levava consigo o sossego e tranquilidade do meu espírito.

Alcancei-o junto aos arcos. Procurei o pretexto do aluguel da casa em que Lúcia morara, e obtive a narração minuciosa do que se passara. Aquela desordem do leito não fora outra coisa mais que o exame de um comprador de trastes, que antes de fechar o negócio deseja conhecer o estado da mercadoria.

Corri à casa de Lúcia.

— Sofri muito, ainda sofro; mas sinto a necessidade de perdoar — disse-me ela grave e melancólica.

Nem um transporte de alegria, nem um sobressalto de surpresa por ver-me chegar arrependido e suplicante. Recebeu-me com uma serena placidez e um olhar de meiga exprobração:

— Não é generoso ofender a quem não sabe e não pode repelir a ofensa.

Era estranha para mim a expressão de calma e serena dignidade que se difundia pelo seu rosto e por toda a sua pessoa; alguma vez já vira passar-lhe na fronte um reflexo de nobre altivez, mas de relance, como a eletricidade que lambe a face da nuvem. Naquele momento porém a luz irradiava de um foco íntimo; e na feição, como na atitude de Lúcia, aparecia profundamente impresso o pudor de uma alma ressentida.[1]

Pela primeira vez a mulher submissa, que temia ofender-me, mostrando-se ofendida de minhas injustiças, conservava contra mim uma queixa, e assumia o direito de perdoar. Admirando, aceitava contudo essa nova situação, como tinha aceito todas as gradações por que passara a sua existência depois que nos conhecíamos.

— Duvidou de mim! — disse Lúcia, fitando-me com os seus grandes olhos límpidos.

Ia balbuciar uma desculpa; ela atalhou-me.

— Não! A mulher de quem duvidou já não existe, morreu! É uma história bem triste! Ouça!

Lúcia ficou um momento absorvida nas suas recordações; afinal, chegando um banquinho de tapete, sentou-se aos meus pés:

— Deixamos São Domingos para vir morar na corte; tinham dado a meu pai um emprego nas obras públicas. Vivemos dois anos ainda bem felizes. À noite toda a família se reunia na sala; eu dava a minha lição de francês a meu mano mais velho, ou a lição de piano com minha tia. Depois passávamos o serão ouvindo meu pai ler ou contar alguma história. Às nove horas ele fechava o livro, e minha mãe dizia: "Maria da Glória, teu pai quer cear". Levantava-me então para deitar a toalha.

— Maria da Glória!

— É meu nome. Foi Nossa Senhora, minha madrinha, quem mo deu. Nasci a 15 de agosto.[2] Por isso todos os anos vou levar-lhe um trabalho de minhas mãos, e pedir-lhe que me perdoe. Outrora pedia-lhe que me fizesse feliz; toda a minha família me acompanha-va; agora vou só e escondida.

— E que é feito de tua família?

— Lembra-se da febre amarela em 1850?

— Não estava aqui.

— É verdade! Foi um ano terrível. Meu pai, minha mãe, meus manos, todos caíram doentes: só havia em pé minha tia e eu. Uma vizinha que viera acudir-nos, adoecera à noite e não amanheceu. Ninguém mais se animou a fazer-nos companhia. Estávamos na penúria; algum dinheiro que nos tinham emprestado mal chegara para a botica. O médico que nos fazia a esmola de tratar, dera uma queda de cavalo e estava mal. Para cúmulo de desespero, minha tia uma manhã não se pôde erguer da cama: estava também com a febre. Fiquei só! Uma menina de quatorze anos para tratar de seis doentes graves, e achar recursos onde os não havia. Não sei como não enlouqueci.

Lúcia apertou a cabeça com as mãos, como se ainda temera que a razão lhe fugisse.

---

1 A "luz" que envolve a personagem completa sua transformação. Paulo já observara antes, em Lúcia, instantes de dignidade e pudor. Agora presencia uma outra mulher. É a redenção da ex--cortesã.
2 Dia consagrado a Maria, que era virgem. Lembre-se de que Lúcia, na verdade, é Maria — que significa pura, sublime.

— Tudo quanto era possível, meu Deus, sinto que o fiz. Já não dormia; sustentava-me com uma xícara de café. Nalgum momento de repouso ia à porta e pedia aos que passavam. Pedia para meu pai enfermo, e para minha mãe moribunda, não tinha vexame. Uma tarde perdi a coragem; meu irmão estava na agonia, minha mãe despedira-se de mim, e Ana, minha irmãzinha, que eu tinha criado e amava como minha filha, já não dava acordo de si. Passou um vizinho. Falei-lhe; ele me consolou e disse-me que o acompanhasse à sua casa. A inocência e a dor me cegavam: acompanhei-o.

Lúcia fez um esforço para continuar:

— Esse homem era o Couto...

— Ah!

— Ele tirou do bolso algumas moedas de ouro, sobre as quais me precipitei, pedindo-lhe de joelhos que mas desse para salvar minha mãe; mas senti os seus lábios que me tocavam, e fugi! Oh! Não posso contar-lhe que luta foi a minha: três vezes corri espavorida até à casa, e diante daquela agonia sentia renascer a coragem, e voltava. Não sabia o que queria esse homem; ignorava então o que é a honra e a virtude da mulher; o que se revoltava em mim era o pudor ofendido. Desde que os meus véus se despedaçaram, cuidei que morria; não senti nada mais, nada, senão o contato frio das moedas de ouro que eu cerrava na minha mão crispada. O meu pensamento estava junto do leito de dor, onde gemia tudo que eu amava neste mundo.

Lúcia escondeu o rosto nos meus joelhos e emudeceu. Quando levantou a fronte, implorava com as mãos juntas e o olhar súplice. O quê? O perdão de sua primeira falta?

Não sei. Faltaram-me as palavras para consolar dor tão profunda: beijei Lúcia na face.

— Obrigada! — exclamou ela —, obrigada! Alguma coisa me diz que mereço esse consolo. Terei forças para concluir. O dinheiro ganho com a minha vergonha salvou a vida de meu pai e trouxe-nos um raio de esperança. Quase que não me lembrava do que se tinha passado entre mim e aquele homem; a consciência de me ter sacrificado por aqueles que eu adorava, fazia-me forte. Demais, um esquecimento profundo, só explicável pela alheação completa do espírito, ocultava-me a triste verdade. Devia compreendê-la, e de que modo, ó meu Deus!

Como impelida por um choque elétrico, Lúcia ergueu-se galvanizada por súbita e violenta recordação.

— Ainda vejo! As melhoras foram aparentes! Meus dois irmãos acabavam de expirar, minha tia entrava na agonia, minha mãe tivera um novo acesso. Felizmente já meu pai estava em convalescença, e saiu para tratar do enterro. Ele não tinha dinheiro, apresentei-lhe as últimas moedas de ouro que me restavam. "Quem te deu este dinheiro?... Roubaste?..." Contei-lhe tudo; tudo que eu sabia na minha inocência. Ele compreendeu o resto. Expulsou-me!

— A ti que lhe salvaste a vida?

— Meu pai julgava que eu tinha um amante e iria viver com ele! A não ser assim, exporia sua filha a morrer de fome? Saí de casa. O único ente que me sorriu e me abraçou por despedida foi o anjinho que Deus me dera por irmã e conforto. Sentei-me na calçada. Era bastante tarde já, quando uma mulher que se recolhia me perguntou o que fazia ali àquelas horas. "Perdi meu pai e minha mãe, respondi, não tenho onde viver." Jesuína...

Era ela... levou-me consigo. Não me esqueci dos meus. À força de rogos e instâncias Jesuína mandava constantemente à casa saber notícias e levar os socorros necessários: nada faltou, nem médico, nem enfermeiros. A paz voltou enfim; e eu tive o supremo alívio de comprar com a minha desgraça a vida de meus pais e de minha irmã. Jesuína, o senhor adivinha o que foi ela, tinha posto um preço aos seus serviços; não sei se a primeira humilhação custou mais do que a segunda; mas o sacrifício devia se consumar, porque não tive mão que me amparasse. A minha felicidade estava destruída; cuidei que não havia maior infâmia do que a minha. Resolvi viver para tranquilidade e ventura de uma família inocente da minha culpa. Quinze dias depois de expulsa por meu pai era... o que fui.

O sorriso pálido, que contraiu o rosto de Lúcia, parecia despedaçar-lhe a alma nos lábios:

— Sabe agora o segredo da cupidez e avareza de que me acusavam. Encontram-se no Rio de Janeiro homens como o Jacinto, que vivem da prostituição das mulheres pobres e da devassidão dos homens ricos; por intermédio dele vendia quanto me davam de algum valor. Todo esse dinheiro adquirido com a minha infâmia era destinado a socorrer meu pai, e a fazer um dote para Ana. Jesuína continuava a servir-me. Minha família vivia tranquila, e seria feliz se a lembrança do meu erro não a perseguisse. Nisso uma moça quase de minha idade veio morar comigo; a semelhança de nossos destinos fez-nos amigas; porém Deus quis que eu carregasse só a minha cruz. Lúcia morreu tísica; quando veio o médico passar o atestado, troquei os nossos nomes. Meu pai leu no jornal o óbito de sua filha; e muitas vezes o encontrei junto dessa sepultura onde ele ia rezar por mim, e eu pela única amiga que tive neste mundo.

Morri pois para o mundo e para minha família. Foi então que aceitei agradecida o oferecimento que me fizeram de levar-me à Europa. Um ano de ausência devia quebrar os últimos laços que me prendiam. Meus pais choravam sua filha morta; mas já não se envergonhavam de sua filha prostituída. Eles tinham me perdoado. Quando voltei, só restava de minha família uma irmã, Ana, meu anjo da guarda. Está num colégio educando-se.

Eis a minha vida. O que se passava em mim é difícil de compreender, e mais difícil de confessar. Eu tinha-me vendido a todos os caprichos e extravagâncias; deixara-me arrastar ao mais profundo abismo da depravação; contudo, quando entrava em mim, na solidão de minha vida íntima, sentia que eu não era uma cortesã como aquelas que me cercavam. Os homens que se chamavam meus amantes valiam menos para mim do que um animal; às vezes tinha-lhes asco e nojo. Ficaram gravados no meu coração certos germes de virtude... Essa palavra é uma profanação nos meus lábios, mas não sei outra. Havia no meu coração germes de virtude, que eu não podia arrancar e que ainda nos excessos do vício não me deixavam cometer uma ação vil. Vendia-me, mas francamente e de boa-fé; aceitava a prodigalidade do rico; nunca a ruína e a miséria de uma família.

Aquele esquecimento profundo, aquela alheação absoluta do espírito, que eu sentira da primeira vez, continuou sempre. Era a tal ponto que depois não me lembrava de coisa alguma; fazia-se como que uma interrupção, um vácuo na minha vida. No momento em que uma palavra me chamava ao meu papel, insensivelmente, pela força do hábito, eu me esquivava, separava-me de mim mesma, e fugia deixando no meu lugar outra mulher, a cortesã sem pudor e sem consciência, que eu desprezava, como uma coisa sórdida e abjeta.

Mas horrível era quando nos braços de um homem este corpo sem alma despertava pelos sentidos. Oh! Ninguém pode imaginar! Queria resistir e não podia! Queria matar-me trucidando a carne rebelde! Tinha instintos de fera! Era uma raiva e desespero, que me davam ímpetos de estrangular o meu algoz. Passado esse suplício restava uma vaga sensação de dor e um rancor profundo pelo ente miserável que me arrancara o prazer das entranhas convulsas!

Comovida e lacrimosa, ela atirou-se ao meu peito, e enlaçou-me com os braços trêmulos:

— Perdão! Houve um momento bem rápido em que o odiei também! Como sofri, meu Deus! Devia resgatar pela dor a felicidade que pela dor havia perdido!

Lúcia concluindo essa narração, que a fatigara em extremo, enxugou as lágrimas e deu algumas voltas pela sala.

— Se eu ainda tivesse junto de mim todos os entes queridos que perdi — disse-me com lentidão —, veria morrerem um a um diante de meus olhos, e não os salvaria por tal preço. Tive força para sacrificar-lhes outrora o meu corpo virgem; hoje, depois de cinco anos de infâmia, sinto que não teria a coragem de profanar a castidade de minha alma. Não sei o que sou, sei que começo a viver, que ressuscitei agora. Ainda duvidará de mim?

— Tu és um anjo, minha Lúcia!

20

Às cinco horas da manhã estava de pé, vestindo-me para ir buscar Lúcia.

Na véspera ao despedir-se de mim ela me dissera:

— Amanhã mudo-me. Venha-me buscar ao romper do dia. Desejo... careço de entrar apoiada ao seu braço na casa onde vou viver a minha nova existência.

Achei-a pronta e esperando-me; os vestígios da comoção violenta que haviam produzido as amargas recordações, desapareciam sob a plácida serenidade que reslumbrava de sua alma e dava à sua beleza uma suave limpidez.

Partimos a pé, com a fresca da manhã; fizemos um dos mais belos passeios de que se pode gozar no Rio de Janeiro. A casa ainda estava fechada: o preto que a guardava veio abrir-nos o portão; corremos o jardim colhendo flores, enquanto se arejavam as salas para receber-nos. Os cômodos eram suficientes para duas pessoas; Lúcia devia morar com sua irmã, que ia sair do colégio.

Apesar da revelação da véspera, continuava a dar a Lúcia esse doce nome, que estava tão habituado a pronunciar. Uma vez porém ela olhou-me com uma expressão de mágoa:

— Paulo — disse-me com brandura — chama-me Maria!

Desde então quando eu pronunciava esse nome, sua alma tinha enlevos, e ela acompanhava o movimento de meus lábios estremecendo de gozo, como se todo o seu corpo sentisse uma doce carícia.

— Quando me chamas assim, Paulo — murmurava ela —, parece-me que tu me embebes e me afagas num só e imenso beijo que me envolve toda.

Também a partir daquele momento ela sentia um prazer indizível em articular o meu nome, que seus lábios às vezes desfolhavam num sorriso e outras debulhavam lentamente, letra por letra, como um favo de mel, que estilassem gota a gota. Nunca Lúcia (quero chamá-la assim ainda, porque foi esse o primeiro nome que amei, e que ainda amo) nunca Lúcia deixara o tratamento cerimonioso que me dava, mesmo no mais íntimo das nossas relações.[1] Nesse dia porém, de repente, sem vexame e sem o menor esforço, começou a atuar-me[2].

Almoçamos, como os pastores de Teócrito[3], frutas, pão e leite cru: ainda não havia preparos de cozinha, nem fogo. Por volta de onze horas do dia chegou a criada, com uma menina de doze anos, linda e mimosa como um anjinho de Rafael. Era o retrato de Lúcia, com a única diferença de ter uns longes de louro cinzento nos cabelos anelados. Ana já conhecia a irmã e a amava ignorando os laços de sangue que existiam entre ambas; mas o instinto de seu coração fizera adivinhar à pobre órfã um amor quase materno na afeição ardente e apaixonada que lhe votava Lúcia.

Às seis horas da tarde deixei as duas irmãs já definitivamente instaladas no seu modesto retiro.

Continuei a visitá-las todos os dias, mas ao cair do dia. Fora Lúcia quem regulara estas visitas.

— Tens agora o teu escritório, e eu preciso trabalhar para viver; além disso quero ensinar a Ana o pouco que sei. Não podemos estar todo o dia juntos. Vem ver-me à tarde, à hora de ave-maria. Passaremos as noites no jardim, ou passeando. No domingo porém jantarás sempre comigo; se não vieres, sei que não terei fome.

Quando a noite estava bonita, íamos os três até a Caixa d'Água, ou até os Dois Irmãos, gozar da frescura das árvores e da água corrente. Lúcia reclinava-se ao meu braço, e eu dava a outra mão livre a Ana. Assim caminhávamos, quase sempre mudos e silenciosos, contemplando a beleza das cenas que se desenrolavam aos nossos olhos, ou absorvidos em nossos pensamentos íntimos. Quando Ana soltava a minha mão para correr diante de nós com a inquieta travessura de sua idade, Lúcia erguia-se na ponta dos pés, e suspirava-me ao ouvido alguma palavra terna, alguma doce confidência de sua alma.

— Sou feliz! — dizia-me uma noite — muito feliz! Deus se compadeceu de mim dando-me essa força de vontade que me faz separar de minha vida o tempo em que não vivi. Ele me aparece como um sonho, como uma nuvem sombria que se vai sumindo.

Outras noites nos sentávamos sobre as pedras do caminho, e eu, respondendo às perguntas de Ana, falava-lhe da natureza, das flores, das árvores, das estrelas, com o entusiasmo e a poesia que as belas criações de Deus despertam em nossa alma.

— Fala ainda! — balbuciava Lúcia ao meu ouvido, quando me calava. — Fala! É tão bom ouvir-te.

Era unicamente aos domingos que eu tinha um momento de estar só com Lúcia. Então ela tomava-me a cabeça que escondia no seio com um anelo de ternura; fechava-me

---

[1] É a primeira vez que o narrador efetivamente declara seu amor. E, ao fazê-lo, utiliza comparações meigas.
[2] *Atuar*: tratar por tu. Repare nas contradições. Mesmo quando desfrutavam da maior intimidade, Lúcia sempre tratava Paulo por "senhor". É por causa da relação fraterna e não sexual que a moça permite familiaridade.
[3] Poeta grego, Teócrito (315-250 a.C.) cantou as delícias da vida junto à natureza.

os olhos, e eu sentia os seus lábios roçarem o meu rosto, tão de leve como as tranças de seus cabelos; por fim olhava-me, ora sorrindo, ora séria e absorvida nos seus pensamentos.

— Isso não pode durar muito! É impossível! — murmurava como se respondesse a uma reflexão íntima.

— Por que razão, Maria?

— Por quê? Porque não se goza da bem-aventurança na terra.

À exceção desses raros instantes, sua irmã não nos deixava, e em presença dela Lúcia não me permitia uma carícia, por mais inocente que fosse. O dia se passava ouvindo Ana tocar, vendo-a brincar, e brincando com ela. Éramos três crianças; e delas talvez a mais moça fosse a que mais juízo tivesse naqueles alegres folguedos.[1]

Uma tarde, havia poucos instantes que eu tinha chegado, quando Lúcia tomou-me pela mão, e levou-me ao seu toucador.

— Não entendo de negócios — me disse abrindo uma gaveta —, e não sei pedir senão a ti. Toma; é a escritura de compra desta casa, que pertence a Ana: há de ser preciso pagar décima. Tira do dinheiro destes vales; do resto comprarás apólices em nome dela.

Examinei os papéis que Lúcia me dera; representavam um valor de mais de cinquenta contos de réis; dez no prédio, o resto em dinheiro.

— E tu com que ficas? Longe de mim censurar a tua generosidade, minha boa Maria; mas não é justo que te sujeites a passar privações.

— Eu também tenho a minha fortuna! — disse-me sorrindo.

Mostrou-me uma carteira, que eu lhe tinha dado.

— Queres ver? Olha! Foste tu que ma deste, Paulo! Guardei-a para o tempo em que fosse digna dela. Quando eu te agradecia então, nem suspeitavas que te agradecia pelo futuro, por este tempo em que não me peja, ao contrário tenho orgulho, de viver por ti e para ti.

A carteira continha pequenos maços de notas, com o algarismo e uma data escrita no rótulo.

— Não sei o que quer dizer isso!

— Não te lembras, quando ias à gavetinha do meu toucador? Aí está o que me davas, dia por dia. Compreendes agora?

— Mas isso é uma bagatela; não é uma fortuna!

— Chega-me; demais, eu trabalho, e quando alguma vez precisar, não terei vergonha de pedir-te. Verás.

— O que me parece de equidade é dividires essa soma com tua irmã, e guardares o resto. Ela pode casar, seguir seu marido... Quem sabe o que sucederá?

— Tudo quanto quiseres, Paulo, menos isso. Não tenho outra vontade que não seja a tua, mas estou certa que me hás de compreender e consentir. O que me custou tantas angústias, e tantas humilhações, não me pode pertencer, não. Só uma coisa justifica essa fortuna, é o motivo santo por que me vendi para adquiri-la. Ana pode gozar dela sem

---

[1] Alencar procura reforçar a ideia de que "sem sexo" o casal adulto volta à pureza da infância. Trata-se de um idealismo alencariano e reflexo de sua época, que acreditava na criança como símbolo da inocência e virtude.

remorso e sem vexame, porque não saberá donde lhe vem; a mim amargaria o pão amassado com tanto fel! Não achas que eu tenho razão?

— Maria, meu anjo, não fales nisso mais nunca! Faze o que quiseres; eu aprovo tudo.

— Deixa-me acabar. Agora só vivo, e só quero viver do que me deste; porque a minha coragem, o meu trabalho, tudo é inspiração tua. O dinheiro, pois, que ganhar com as minhas mãos, ainda me vem de ti! Não possuo hoje um objeto, a coisa a mais insignificante, que tenha outra origem. É talvez uma superstição; mas quero conservá-la.[1]

Ao despedir-me nessa noite, Lúcia, como para dar-me uma prova da sua sinceridade, disse-me:

— Paulo, traz-me amanhã quando vieres uma caixinha sortida de linhas e agulhas.

Era uma ninharia; mas era a primeira coisa de valor pecuniário que ela me pedia.

Essa vida calma e tranquila, remanso de uma existência tão agitada, durava cerca de um mês. Nada perturbava a serenidade de Lúcia. Parecia realmente que sua alma cândida, muito tempo adormecida na crisálida, acordara por fim, e continuara a mocidade interrompida por um longo e profundo letargo. Lúcia tinha então dezenove anos; mas o seu coração puro e virgem tinha apenas a idade do botão de rosa na manhã do dia em que deve florescer, ou a idade do casulo quando a ninfa vai fendê-lo, desfraldando as tenras asas.

Como as aves de arribação, que, tornando ao ninho abandonado, trazem ainda nas asas o aroma das árvores exóticas em que pousaram nas remotas regiões, Lúcia conservava do mundo a elegância e a distinção que se tinham por assim dizer impresso e gravado na sua pessoa. Fora disso, ninguém diria que essa moça vivera algum tempo numa sociedade livre. As suas ideias tinham a ingenuidade dos quinze anos; e às vezes ela me parecia mais infantil, mais inocente do que Ana com toda a sua pureza e ignorância.

Talvez a senhora julgue isso impossível; mas é a verdade. Se não fosse a originalidade dessa fase de uma vida que em quatro meses passara aos meus olhos por tão profunda revolução, não teria nada que lhe contar, e não valeria a pena revolver o rescaldo de minhas reminiscências.

Quis pintar-lhe o que vi: a incubação de uma alma violentamente comprimida por uma terrível catástrofe; a vegetação de um corpo vivendo apenas pela força da matéria e do instinto; a revelação súbita da sensibilidade embotada pelos choques violentos que partiram o estame de uma infância feliz; a floração tardia do coração confrangido pelo escárnio e pelo desprezo; finalmente a energia e o vigor do espírito que surgia, soldando por misteriosa coesão os elos partidos da vida moral e continuando no futuro a adolescência truncada.

Quantas vezes absorto na admiração que me causava esse fenômeno, não acompanhava com um olhar pasmo e surpreso os movimentos de Lúcia brincando com a irmã, e criança como ela na expansão da beleza que eu vira radiar no mundo com todas as graças e encantos da mulher! Quantas vezes desesperado pela naturalidade do seu gesto e pela ingênua simplicidade de suas palavras, que excluíam a mais leve suspeita de afetação, não

---

1 Lúcia mostra aqui sua firmeza de caráter, um ideal romântico: é rica, mas usará só o dinheiro que venha de seu amado. E se for trabalhar, ainda assim será "por inspiração" dele.

pensava comigo: "Essa mulher ou é um demônio de malícia, ou um anjo que passou pelo mundo sem roçar as suas asas brancas!"

Se ela surpreendia o meu olhar perscrutador, sorria, e, caminhando para mim, movia lentamente a cabeça:

— Não compreendes, Paulo? Também eu não compreendo. Quem me fez menina assim?... Devo-te parecer ridícula. Eu, que desejo ter para Ana a gravidade de mãe, torno-me mais travessa do que ela. Mas que queres? É preciso que eu brinque... como as cigarras hão de cantar daqui a um ano quando acordarem!

O jardim da casa de Lúcia era dividido, por um gradil de madeira, da chácara vizinha. Isso a desgostara desde o primeiro dia; e era sua intenção fazer passar um muro que ocultasse às vistas estranhas o seu modesto retiro; um sentimento de delicadeza retardara só a realização desse projeto. As moças daquela chácara tinham pouco depois de sua mudança procurado entreter relações de vizinhança; e quase todas as tardes vinham conversar com Ana.

Lúcia quis logo impedir essa amizade, mas não teve ânimo de privar sua irmã de tão inocente distração; contentou-se de sua parte em se esquivar aos avanços das vizinhas, retribuindo com polidez as suas saudações. As instâncias porém foram tão repetidas e tão amáveis que apesar de sua modesta reserva, Lúcia não pôde deixar algumas vezes de responder às palavras que lhe dirigiam. Demais, elas tinham achado o caminho de seu coração; com uma liberdade censurável começaram a pedir-lhe pequenos favores: hoje era a muda de uma flor, amanhã o molde de um vestido, depois o desenho de um bordado. Lúcia, que não aceitava coisa alguma do mundo, não sabia recusar um serviço.

Uma tarde ela estava conversando comigo, quando Ana veio pedir-lhe em nome da mais moça das vizinhas, sua predileta, que lhe fosse ensinar um ponto de crochê.

— Tu não sabes, Ana?

— Mas não sei como tu, maninha.

Lúcia aproximou-se do gradil; tomou das mãos da moça o fio e a agulha e teceu com agilidade e destreza uma carreira de malhas, acompanhando o movimento rápido de seus dedos afilados com as explicações precisas. Como isso não bastasse, tirou do braço uma pulseira de contas tecida por ela e deu-a para servir de modelo.

Nessa ocasião adiantavam-se por entre as árvores as outras moças acompanhadas de um homem cujo rosto não pude ver logo por entre a folhagem. Lúcia, atenta aos esforços que fazia sua discípula para acertar, não reparou nessa circunstância.

O grupo parou a alguma distância; eu reconheci o Couto no momento em que se adiantava com um movimento de espanto. Corri para fazer Lúcia retirar-se antes de vê-lo; mas estava distante, e quando cheguei, já a mais velha das moças se tinha aproximado, e arrancando a pulseira das mãos de sua irmã, atirou-a por cima da grade:

— Não toques em coisa que pertença a esta mulher! É uma perdida!

Lúcia tinha erguido a cabeça no primeiro instante de surpresa; nada porém perturbava a serenidade e quietude de seu rosto iluminado por uma doce altivez; circulou com um olhar límpido os atores dessa cena, como se lhes pedisse a explicação do desagradável incidente; e tomando Ana pela mão e passando o braço pelo meu, afastou-se com uma dignidade meiga e nobre.

Contudo pensei que esse sossego era aparente, e que sua alma devia ter sido traspassada por aquele ultraje. Ela respondeu à interrogação muda do meu olhar murmurando-me ao ouvido para que sua irmã não a ouvisse:

— Elas não sabem, como tu, que eu tenho outra virgindade, a virgindade do coração! Perdoa-lhes, Paulo.[1]

E o sorriso, que banhou essas palavras como de uma luz divina, parecia abrir o céu aos arroubos de sua alma.

21

Era um domingo.

O novo ano tinha começado. A bonança que sucedera às grandes chuvas trouxera um dos sorrisos de primavera, como costumam desabrochar no Rio de Janeiro entre as fortes trovoadas do estio. As árvores cobriam-se da nova folhagem de um verde tenro; o campo aveludava a macia pelúcia da relva, e as frutas dos cajueiros se douravam aos raios do sol.

Uma brisa ligeira, ainda impregnada das evaporações das águas, refrescava a atmosfera. Os lábios aspiravam com delícias o sabor desses puros bafejos, que lavavam os pulmões fatigados de uma respiração árida e miasmática. Os olhos se recreavam na festa campestre e matutina da natureza fluminense, da qual as belezas de todos os climas são convivas.

Subia a passo curto e repousado a ladeira de Santa Tereza, calculando a hora de minha chegada pelo despertar de Lúcia; o meu pensamento porém abria as asas, e precedendo-me, ia saudar a minha doce e terna amiga.[2]

Havia oito dias que Lúcia não andava boa. A fresca e vivace expansão de saúde desaparecera sob uma langue morbidez que a desfalecia; o seu sorriso, sempre angélico, tinha uns laivos melancólicos, que me penavam. Às vezes a surpreendia fitando em mim um olhar ardente e longo; então ela voltava o rosto de confusa, enrubescendo. Tudo isso me inquietava; atribuindo a sua mudança a algum pesar oculto, a tinha interrogado, suplicando-lhe que me confiasse as mágoas que a afligiam.

— Não digas isso, Paulo! — respondia com um tom de queixa. — Posso ter pesares junto de ti? É uma ligeira indisposição; há de passar.

De bem longe avistei Lúcia que me esperava e me fez um aceno de impaciência; apressei o passo para alcançar o portão do jardim. Ela estendeu-me as mãos ambas risonha e, atraindo-me, reclinou-se sobre o meu peito com um gracioso abandono. Sentamo-nos nos degraus da pequena escada de pedra, e informei-me de sua saúde.

— Já estou boa. Não vês?

Realmente as rosas de suas faces viçavam; era cintilante o brilho que desferia a sua pupila negra. Pelos lábios úmidos lentejava a onda perene de um sorriso, que orvalhava-lhe o semblante de luz e graça.

---

1 "Perdoa-lhes, Paulo." As palavras de Lúcia soam quase bíblicas ("Pai, perdoai-os porque eles não sabem o que fazem", Evangelho de Lucas, cap. 23). Alencar realmente provocou os moralistas, ao converter tão absolutamente a cortesã em anjo.
2 A contradição entre a natureza agradável e benfazeja e a doença de Lúcia é marcante. Na época em que tudo floresce (mesmo o relacionamento do casal), surge o "pesar oculto".

— Ainda bem! Já me habituaste a só achar bonito aquilo que vejo através do teu mimoso sorriso. Agora é que eu começo a gozar dessa linda manhã.

Trocamos ainda algumas palavras.

De repente Lúcia atirou-se a mim. Com uma arrebatada veemência esmagou na minha boca os lábios túrgidos, como se os prurisse fome de beijos que a devorava. Mas desprendeu-se logo dos meus braços, e fugiu veloz, ardendo em rubor, sorvendo num soluço o seu último beijo.

Fugiu e, ao passar, fechou a porta que comunicava com o interior.

Contrariado por esse obstáculo, consolei a minha impaciência com o sabor da esperança que se insinuara no meu coração. A fúria amorosa dos primeiros tempos, recalcada por uma força misteriosa, despertava. Outra vez a febre voluptuosa nos arrebataria para abrir-nos a mansão do prazer e dos mágicos deleites.

A minha esperança afagava-me tanto mais risonha, quando desde o momento cruel em que vira Lúcia quase morta nos meus braços, nunca mais a ponta mimosa do seu lábio roçara sequer pelo meu, ávido de carícias. O seu beijo quase de irmã apenas de longe em longe bafejava-me a fronte; e isso mesmo depois de ter-me cerrado as pálpebras com a mão, para que eu não visse arder o lacre de suas faces.

A porta abriu-se enfim.

Lúcia apareceu trazendo a irmã pela mão. Sua fisionomia e atitude reslumbravam já a casta serenidade, que obrigava quantos a cercavam agora, a uma doce e terna veneração. Procurei debalde, sob essa calma aparência, um vestígio das emoções recentes; a tranquilidade vinha do íntimo, exalava dos seios d'alma, e difundia-se brandamente por toda a sua pessoa. Julgaria que nada tinha passado, se as lágrimas já estanques não houvessem empanado a habitual limpidez de seu olhar.

Ana adiantou-se para mim, e dando-me a mão como costumava, apresentou rubescente a fronte pura e angélica. Admirado, não sabia o que fizesse, quando por cima da loura cabeça da menina vi o gesto imperativo de Lúcia. Toquei com os lábios a raiz daqueles cabelos sedosos que ondulavam com o sopro de minha respiração. Ana teve um estremecimento íntimo; e banhou-se na onda de púrpura que, descendo-lhe da fronte, derramou-se pelas espáduas, roseando a branca escumilha.

— É assim que se deve dizer adeus quando se quer bem! — exclamou Lúcia, abraçando a irmã.

Partimos para a missa, como de costume. Lúcia e a irmã com os braços enlaçados, eu a alguma distância, passando por desconhecidos que seguiam o mesmo caminho. Mas de longe mesmo, um olhar rápido trocado a furto, um gesto imperceptível, nos aproximava um do outro no meio da multidão.

Ambas trajavam de preto, com véus espessos;[1] elas sentiam quanto é tocante o uso de só penetrar na casa de Deus ocultando a beleza sob a gala triste e grave, que prepara o espírito para o santo recolho.

---

1 É a última transformação de Lúcia: suas roupas foram ficando mais escuras e pudicas e agora fecham-se no preto.

De volta da missa, tomaram de novo as suas alvas roupas de casa, e vieram sentar-se junto de mim; porém Lúcia, que costumava ficar entre nós, trocou o lugar com a irmã. Toda a nossa vida era tão igual, e sucedia-se com tal regularidade, que essa circunstância não me podia escapar.

Apesar da separação, eu que não tinha de todo perdido a minha fagueira esperança, aproveitava o momento em que a menina voltava o rosto, para suplicar Lúcia com um gesto; ela respondeu com um olhar de tão fria severidade que gelou-me.

— Ana, vai mandar deitar o almoço. Paulo hoje acordou muito cedo!

Acompanhou com os olhos a irmã até que ela desapareceu no fundo do corredor; e voltou-se para mim séria e recolhida:

— Foi uma loucura! Esqueçamos esse momento, Paulo.

— Se tivesses verdadeira afeição a teu amigo, Maria, não o tratarias com tanta severidade!

— Paulo! Paulo... Tu bem sabes que com essa palavra me farias cometer crimes, se crimes fossem necessários para te provar que eu só vivo da vida que me dás, e me podes tirar com um sopro. Não sou eu criatura tua? Não renasci pela luz que derramaste em minha alma? Não és meu senhor, meu artista, meu pai e meu criador?

Fez-me um gesto para que não a interrompesse.

— Tu podes me fazer voltar à treva de que me arrancaste; podes estancar as fontes de minha existência que manam de tua alma; e não me hás de ouvir uma só queixa. A dor, como a alegria, serão sempre benditas, porque virão de ti. Mas, Paulo, a súplica do humilde não ofende. Deus a permite e exalça. Não me retires a graça e a bênção que me deste! Salva-me, Paulo! Salva-me de ti. Salva-me de mim mesma!...

Deixou-se cair a meus pés, e sua voz espedaçou-se num grito pungente:

— De mim que não terei forças para resistir, se a tua coragem me não exaltar.

Ergui-a, fazendo-a sentar nos meus joelhos. Ela deixou-se atrair, com meiga confiança. Seu instinto sutil lhe dizia que não devia temer naquele momento; adivinhava o respeito e a unção de que minha alma a envolvia, santificando-a.

— Maria, minha amiga, sossega! Se for preciso, eu terei força por nós ambos. Perdoa-me, porque te ofendi; não soube resistir. Não sucederá mais nunca, eu te prometo! Recobra o teu sorriso celeste, que me purifica!

Lúcia sorriu; nesse sorriso banhou-se minha alma e eu a senti melhor e mais pura.

— Tu és bom, como Deus, que me deu a ti, Paulo, para não esperdiçar as sobras de tua alma. Tu deves ler dentro de mim, e compreender o que eu não sei dizer, o que não sei nem mesmo pensar. A vida como tu ma fizeste é a bem-aventurança, porque vivo já no céu. Entre nós ambos nada existe; tu me absorves em ti, somos um: em torno de nós só Deus que nos protege, que nos une, e envolve-nos com um único de seus olhares. Tu, Paulo, tu podes tocar a terra sem quebrar essa coesão de nossas almas; porque sou uma coisa tua, uma porção de teu ser; porque te pertenço e te sigo fatalmente; porque na terra, como no céu, longe ou perto, vivo de tua vida. Mas tua Maria, o reflexo de tua luz e a flor de tua seiva, se ela caísse no pó, se desprenderia de ti para sempre... Como aqueles a quem o Senhor abandona na hora extrema! Compreendes, Paulo, compreendes![1]

Respondi apenas com o olhar; a voz me falecia, tanto aquelas palavras tocantes de Lúcia me comoviam.

— Se estivesses junto de mim durante aquela eternidade de vinte dias em que me deixaste só com a minha consciência, verias que martírio foi o meu, quando eu queria erguer-me do abismo para abrigar-me e esconder-me em ti; mas sentia a tua própria mão que me repelia e precipitava de novo! Verias também no meu rosto quanto horror me causava a só ideia de que eu talvez trouxesse já nas entranhas o verme que me devia roer as vísceras. Que importa que esse verme fosse gerado do teu e do meu sangue? Ele me arrancaria uma porção deste espírito que é teu, e criaria uma vida nova nesta carne que já morreu, e não pode ressuscitar para sentimento algum!

Ana veio chamar-nos para almoçar.

Saindo da mesa, dávamos habitualmente algumas voltas pelo jardim: elas colhendo flores para os vasos, eu fumando o meu charuto. Às dez horas pouco mais ou menos entrávamos. Lúcia levava-nos então para o seu toucador bem pobre e bem modesto, mas ainda assim encantador, como tudo que essa mulher tocava com as pontas de seus dedos de fada ou bafejava com o seu hálito celeste.

Então Lúcia ocupava-se em anelar os cabelos louros da irmã e a toucá-la com tanto esmero como se a preparasse para alguma festa esplêndida; essa festa era a nossa intimidade, que Ana alegrava com o seu sorriso e inocência. Depois de ter posto a irmã tão bonita, quanto ela caprichava em tornar-se simples, fazia-me admirar aquela formosura infantil e gozava do prazer que nos fazia sentir. Durante o seu trabalho, eu lia para ambas alguma página de literatura, ou falava sobre um tema agradável.

Nesse dia porém a ordem de nossa comum existência fora perturbada. Lúcia chamou-me para ajudá-la a pentear a irmã: fez-me sentar ao lado; deu-me a segurar um após outro os lindos anéis que se enroscavam entre os seus dedos; e rindo e folgando afagava-me o rosto com a nuvem desses cabelos finos e sutis, e obrigava-me a beijar as pontas. O que ela exigiria de mim que eu não fizesse para vê-la feliz do seu desejo satisfeito?

Às duas horas costumava eu sair e fazer um passeio pelo encanamento. Esse caminho estava tão cheio da imagem de Lúcia, que, deixando-a em casa um momento, parecia-me que ela me acompanhava, que eu sentia a pressão do seu braço no meu e a frescura embalsamada do seu hálito na minha face; ao mais leve estremecimento das folhas supunha ouvir o rugir da seda de seu vestido. Trazia do meu passeio alguma flor silvestre, uma borboleta, qualquer coisa, colhida em sua intenção para dizer-lhe que me lembrara dela: eram relíquias para o seu coração.

Quando cheguei, Lúcia estava só no jardim, debaixo de uma espessa e sombria latada de maracujás, tão absorvida em sua meditação que não me percebeu.

---

[1] O tom solene da fala, chegando mesmo a ser inverossímil em diálogo de moça simples, reforça a intenção alencariana de redimir Lúcia. Isso porque Lúcia é agora Maria; e se Maria "cair no pó" (for seduzida por Paulo), o rapaz perderá para sempre sua amada.

— Onde andava esse pensamento tão longe de mim? — disse-lhe sentando-me ao lado.

Sobressaltou-se, e abanou a cabeça sorrindo:

— Longe de ti?... Estava fazendo projetos para a nossa felicidade.

— Já não é ela uma realidade, Maria?

— E por isso, porque eu sei o que ela vale, receio que não dure sempre. Tu vives num mundo, Paulo, onde há condições que serás obrigado a aceitar, cedo ou tarde; um dia sentirás a necessidade de criar uma família, e gozar das afeições domésticas.

— Não me casarei nunca!

— Agradeço-te essa palavra; mas recuso o sacrifício. Se a tua bondade por mim não te cegasse neste momento, me darias razão. Há sentimentos e gozos que ainda não sentiste, e só uma esposa casta e pura te pode dar. Por mim te havias de privar de tão santas afeições, como são o amor conjugal e o amor paterno?

— Assim, eram esses os projetos que fazias sobre a nossa felicidade? — repliquei com um sorriso amargo. — Se essa necessidade de que falas é tão forte que ninguém se pode esquivar a ela, o que eu contesto, nunca pensei que fosses tu quem a lembrasse.

— Escuta-me primeiro, Paulo, meu amigo; depois pune-me, se eu merecer, mas não retires de mim o teu olhar. Pensas que essa ideia de que um dia me poderás abandonar por uma mulher a quem deverás consagrar toda a tua vida, não me tortura? Se assim fosse, por que me preocuparia com isso? É porque temo essa desgraça, que refletia no meio único de evitá-la.

— E esse meio?... Qual é dele? Dize-me.

— Ana! — respondeu Lúcia timidamente.

Não compreendi.

— Poderias escolher uma noiva rica, de alta posição, porém não acharás alma tão pura, nem mais casto amor.

— Queres casar-me com Ana? Com tua irmã, Maria?

— Quero uni-la ao santo consórcio de nossas almas. Formaremos uma só família; os filhos que ela te der, serão meus filhos também; as carícias que lhe fizeres, eu as receberei na pessoa dela. Seremos duas para amar-te; uma só para o teu amor. Ela será tua esposa; eu completarei todas as outras afeições de que careces, serei tua irmã, tua filha, tua mãe!

— E podes dispor assim dos sentimentos de Ana?

— Era preciso que ela não vivesse comigo, para deixar de amar-te! Já te ama. Não sabes então que o meu pensamento e a minha alegria têm sido formar aquela alma pelo molde da minha?

— Tudo isso é um sonho teu, minha amiga! Vivamos com a realidade; e deixemos vir um futuro que pertence a Deus.

— Por que esse sonho não se realizaria, querendo tu? Seria a consagração da minha felicidade. Sim; não há sacrifício de minha parte. Ana te daria os castos prazeres que não posso dar-te; e recebendo-os dela, ainda os receberias de mim. Que podia eu mais desejar neste mundo? Que vida mais doce do que viver da ventura de ambos? Ana se parece comigo; amarias nela minha imagem purificada, beijarias nela os meus lábios virgens; e minha alma entre a sua boca e a tua gozaria dos beijos de ambos. Que suprema delícia...

Lúcia calou-se de súbito, empalidecendo. Toda a sua pessoa assumiu-se, tomando a expressão vaga extática de quem é absorvido por um recolho íntimo: figurava uma pessoa escutando-se viver interiormente. Até que ergueu-se espavorida; soltou um gemido pungente levando a mão ao regaço, e caiu fulminada em meus braços.

O abalo interior que sofrera esse corpo delicado fora tão forte, que a cintura do vestido se despedaçara.

Conduzi Lúcia ao seu leito, e só depois de cruéis angústias tive o consolo de vê-la recobrar os sentidos, mas para cair logo numa prostração, em que apesar dos meus rogos e instâncias, só a ouvia murmurar surdamente estas palavras incompreensíveis:

— Eu adivinhava que ele me levaria consigo!
— Ele quem, minha boa Maria?
— O teu, o nosso filho! — respondeu-me ela.
— Como! Julgas?...
— Senti há pouco o seu primeiro e o seu último movimento!
— Um filho! Mas é um novo laço e mais forte que nos prende um ao outro. Serás mãe, minha querida Maria? Terás mais esse doce sentimento da maternidade para encher-te o coração; terás mais uma criatura com quem repartir a riqueza inexaurível de tua alma!
— Cala-te, Paulo! Ele morreu! — disse-me com a voz surda. — E fui eu que o matei![1]
— Para que te afliges assim? Nosso filho vive, há de viver! Não sentiste há pouco o seu primeiro movimento?

Nisso chegou o médico a quem tinha escrito imediatamente, e que depois de examinar o estado de Lúcia, declarou que não inspirava receio. Ela estava ameaçada de um aborto, resultado do choque violento que sofrera, quando conheceu que se achava grávida. O doutor, um dos mais hábeis parteiros da corte, procurou desvanecer os receios de Lúcia, assegurando-lhe que seu filho vivia, e nada ainda fazia recear pela sua vida.

Apenas o médico saiu, ela olhou-me tristemente:

— Era o primeiro! Mas o tato das entranhas maternas, sejam elas virgens ainda, não engana. Nosso filho, Paulo, o teu, porque ele era mais teu do que meu, já não existe.

À noite declarou-se a febre; uma febre intensa que a fez delirar. Foi então que conheci quanto eu vivia no seu pensamento: ela não disse no delírio uma só palavra que não se referisse a mim e a alguma circunstância de nossa vida mútua, desde o primeiro dia em que nos encontramos.

Pela manhã, depois de um sono curto e agitado, achei-a mais tranquila:

— Tu me prometes, Paulo, casar com Ana!
— Não tratemos disso agora, minha amiga! Quando ficares boa, tudo o que tu quiseres eu farei para a tua felicidade.

---

1 O filho morto no ventre foi antecipado por Lúcia (página 98). Na ocasião, Paulo ficou profundamente impressionado com a ideia de que o corpo de Lúcia, "estigmatizado", seria fatal para um bebê. Agora a realidade se impõe.

— Mas essa promessa me daria tanto alívio agora!
— Escuta, Maria, esse casamento nos tornaria infelizes a ti, à tua irmã, e a mim que não poderia amá-la, mesmo por causa dessa semelhança! Tu viverias sempre entre mim e ela!
— Pois bem, promete-me que se ela não for tua mulher, lhe servirás de pai.
— Juro-te!
Beijou-me as mãos:
— Ela vai ter tanta necessidade de um pai!
Os acessos de febre repetiram-se durante três dias, e sempre mais graves. Uma tarde em que o médico apresentou a Lúcia um remédio:
— Para que é isso? — perguntou ela com brandura.
— Para aliviá-la do seu incômodo. Logo que lançar o aborto, ficará inteiramente boa.
— Lançar!... Expelir meu filho de mim?
E o copo que Lúcia sustentava na mão trêmula, impelido com violência, voou pelo aposento e espedaçou-se de encontro à parede.
— Iremos juntos!... murmurou, descaindo inerte sobre as almofadas do leito. — Sua mãe lhe servirá de túmulo.
De joelhos à cabeceira eu suplicava-lhe que bebesse o remédio que a devia salvar.
— Queres acompanhar teu filho, Maria, e abandonar-me só neste mundo. Vive por mim!
— Se eu pudesse viver, haveria forças que me separassem de ti? Haveria sacrifício que eu não fizesse para comprar mais alguns dias da minha felicidade? Mas Deus não quis. Sinto que a vida me foge!
A instâncias minhas bebeu finalmente o remédio, que nenhum efeito produziu. A febre lavrava com intensidade; eu já não tinha esperanças.
— O remédio de que eu preciso é o da religião. Quero confessar-me, Paulo.
Lúcia tomou os sacramentos com uma resignação angélica; e abraçando a irmã, disse-lhe:
— Perdes uma irmã, Ana; fica-te um pai. Ama-o por ele, por ti e por mim.
O dia se passou na cruel agonia que só compreendem aqueles que ajoelhados à borda de um leito viram finar-se gradualmente uma vida querida.
Quebrado de fadiga e vencido por uma vigília de tantas noites, tinha insensivelmente adormecido, sentado como estava à beira da cama, com os lábios sobre a mão gelada de Lúcia e a testa apoiada no recosto do leito. O sono foi curto, povoado de sonhos horríveis; acordei sobressaltado e achei-me reclinado sobre o peito de Lúcia, que se sentara de encontro às almofadas para suster minha cabeça ao colo, como faria uma terna mãe com seu filho.
Mesmo adormecido ela me sorria, me falava, e cobria-me de beijos:
— Se soubesses que gozo supremo é para mim beijar-te neste momento! Agora que o corpo já está morto e a carne álgida, não sente nem a dor nem o prazer, é a minha alma só que te beija, que se une à tua e se desprende parcela por parcela para se embeber em teu seio.

E seus lábios ávidos devoravam-me o rosto de carícias, bebendo o pranto que corria abundante de meus olhos:

— Se alguma coisa me pudesse salvar ainda, seria esse bálsamo celeste, meu amigo!

Eu soluçava como uma criança.

— Beija-me também, Paulo. Beija-me como beijarás um dia tua noiva! Oh! agora posso te confessar sem receio. Nesta hora não se mente. Eu te amei desde o momento em que te vi! Eu te amei por séculos nesses poucos dias que passamos juntos na terra. Agora que a minha vida se conta por instantes, amo-te em cada momento por uma existência inteira. Amo-te ao mesmo tempo com todas as afeições que se pode ter neste mundo. Vou te amar enfim por toda a eternidade.

A voz desfaleceu completamente, de extenuada que ela ficara por esse enérgico esforço. Eu chorava de bruços sobre o travesseiro, e as suas palavras suspiravam docemente em minha alma, como as dulias dos anjos devem ressoar aos espíritos celestes.

— Nunca te disse que te amava, Paulo!

— Mas eu sabia, e era feliz!

— Tu me purificaste ungindo-me com os teus lábios. Tu me santificaste com o teu primeiro olhar! Nesse momento Deus sorriu e o consórcio de nossas almas se fez no seio do Criador. Fui tua esposa no céu! E contudo essa palavra divina do amor, minha boca não a devia profanar, enquanto viva. Ela será meu último suspiro.[1]

Lúcia pediu-me que abrisse a janela: era noite já; do leito víamos uma zona de azul na qual brilhava límpida e serena a estrela da tarde. Um sorriso pálido desfolhou-se ainda nos lábios sem cores: sublime êxtase iluminou a suave transparência de seu rosto. A beleza imaterial dos anjos deve ter aquela divina limpidez.[2]

— Recebe-me... Paulo!...

* * *

Terminei ontem este manuscrito, que lhe envio ainda úmido de minhas lágrimas.

Relendo-o, admirei como tivera a coragem de alguma vez, no correr desta história, deixar a minha pena rir e brincar, quando o meu coração estava ainda cheio de saudade, que sepultou-se nele para sempre.

É porque, repassando na memória essa melhor porção de minha vida, alheio-me tanto do presente que revivo hora por hora aqueles dias de ventura, como de primeiro os vivi, ignorando o futuro, e entregue todo às emoções que sentia outrora. Quando eu gracejava, Lúcia estava ainda ao meu lado; ainda eu era feliz da minha lembrada felicidade.

---

[1] Lúcia recorda o primeiro olhar de Paulo, que foi puro por não ver nela a prostituta. Esse olhar inspirou-a a amá-lo. A partir daí, Lúcia sente que sua alma está salva, "foi a esposa no céu".
[2] Eis a última contradição: aquela que foi descrita tão minuciosamente na riqueza e sensualidade ganha, ao morrer, o "material". É anjo apenas e não Lucíola ou Lúcifer, o anjo caído.

Há seis anos que ela me deixou; mas eu recebi a sua alma, que me acompanhará eternamente. Tenho-a tão viva e presente no meu coração, como se ainda a visse reclinar-se meiga para mim. Há dias no ano e horas no dia que ela sagrou com a sua memória, e lhe pertencem exclusivamente. Onde quer que eu esteja, a sua alma me reclama e atrai; é forçoso então que ela viva em mim. Há também lugares e objetos onde vagam seus espíritos; não os posso ver sem que o seu amor me envolva como uma luz celeste.

Ana casou-se há dois anos. Vive feliz com seu marido, que a ama como ela merece. É um anjo de bondade; e a juventude realçando-lhe as graças infantis, aumentou a sua semelhança com a irmã; porém falta-lhe aquela irradiação íntima de fogo divino. Almas como as de Lúcia, Deus não as dá duas vezes à mesma família, nem as cria aos pares, mas isoladas como os grandes astros destinados a esclarecer uma esfera.[1]

Cumpri a vontade de minha Lúcia; tenho servido de pai a essa menina; com a sua felicidade paguei um óbolo de minha gratidão à doce amiga que tanto amou-me.

Estas páginas foram escritas unicamente para a senhora. Vazei nelas toda a minha alma para lhe transmitir um perfume da mulher sublime, que passou na minha vida como sonho fugace. Creio que não o consegui; por isso fecho aqui alguns fios da trança de cabelos, que cortei no momento de dizer o último adeus à sua imagem querida.[2]

Há nos cabelos da pessoa que se ama não sei que fluido misterioso, que comunica com o nosso espírito. A senhora há de amar Lúcia, tenho a certeza; talvez pois aquela relíquia, ainda impregnada de seiva e fragrância da criatura angélica, lhe revele o que eu não pude exprimir.

---

[1] O narrador acentua aqui o caráter de exceção da "alma" de Lúcia. Realmente, a grande marca romântica na definição de personagens é retratar seres que se sobressaem do conjunto social.
[2] Outra insistência na verossimilhança: além do relato real, além das lágrimas que molham o manuscrito, os cabelos de Lúcia.